Nadine und Mark Backes

IST DAS HIER NOCH LIEBE ODER KANN DAS WEG?

LAPPAN

KLIMANEUTRALES PRODUKT

MIX
Papier aus verantwortungsvollen Quellen
FSC® C014496

1. Auflage 2021

– Originalausgabe –

ISBN 978-3-8303-3578-8

Text: Nadine und Mark Backes
Vorwort: Torsten Sträter
Lektorat: Theresa Behle | Oliver Domzalski
Layout | Herstellung: Monika Swirski
Covergestaltung: Monika Swirski
Coverabbildungen: natkacheva by shutterstock.com

Druck und Bindung: GGP Media GmbH, Pößneck

Printed in Germany

FOLGT UNS! facebook.com/lappanverlag
Instagram.com/lappanverlag
www.lappan.de

VORWORT VON TORSTEN STRÄTER

Es war einer jener Abende, die, obschon es tagsüber mild gewesen war, bereits den rasselnden Atem des Herbstes in sich trugen; ein leichter Wind ging, in sich den Geruch von ferner Wiese; die Blätter hatten noch nicht begonnen, sich sichtbar zu verfärben, aber man hatte das Gefühl, wenn man lange genug stehen bleibt, könnte man ihnen beim Farbwechsel zusehen – was vermutlich auch stimmt, wenn man die Zeit übrig hat, geht das. Aber wer macht das schon? Zudem verfärben sich Blätter auch, wenn man was anderes macht, Laminat verlegen sei da erwähnt, nur eine von einer unbestimmbaren Menge an Tätigkeiten, die aus dem Füllhorn der Geschäftigkeit kollern, ausrollen und still liegenbleiben, regungslos wie die Exponate eines Dorfmuseums, dessen Eintritt selbst mit fuffzig Pfennig skandalös überhöht wäre, denn alles, was man hier sehen kann, liegt auch zu Hause rum und deswegen ist man ja raus da.

Kennen Sie das, wenn Sie einen im Prinzip astreinen Einstiegssatz ab der Hälfte komplett vor die Wand fahren? Ist mein tägliches Brot.

Gut zu schreiben ist schwer. Und wer beurteilt das überhaupt? Ich halte mich mit so was nicht auf. Mein Stil lässt sich sehr gut mit »halbwegs zusammenhängend« zusammenfassen. Ich bin wirklich kein Maßstab für irgendwas. Auf der anderen Seite erkenne ich aber einen guten Text, wenn ich ihn sehe. Oft, indem ich ein Buch kaufe. Seltener, nein eigentlich fast nie, wenn mir jemand Fremdes eine Mappe mit selbst verfassten Texten in die Hand drückt. Es ist eigentlich ein ungeschriebenes Gesetz: Mit eigenen Texten durch die Gegend zu laufen und Menschen anzusprechen, ist eine sehr ungeschmeidige Vorgehensweise, um sein Material an den

Mann zu bringen. Zeugen-Jehovas-Vibes breiten sich aus. Die Leute, die mit einem Jutesack voller bedruckter Seiten über die Buchmesse traben, um ihre Manuskripte bei einem Verlag unterzubringen, sind da nicht besonders beliebt. Die meisten Verlagsleute haben auf der Buchmesse schlicht keine Zeit für so was. Wie also kriegt man sein Buch veröffentlicht? Puh. Gute Frage. Glück. Entweder Sie schreiben in einem Café in Edinburgh (Edinbraaah, wie der Schotte sagt) so lange Romane über Zauberschulen und Schurken ohne Nase, bis Ihnen ein Verlag was abkauft und zack: eigener Düsenjäger ... oder eben nicht. Ist alles Glück. Fifty Shades of Grey. Guter Titel, Buch Grütze, meiner unmaßgeblichen Meinung nach. Und trotzdem wurde danach der Markt mit Abklatsch-Werken über dominante Feuerwehrmänner, Mafiosi, Zentauren, Schlüsseldienstmitarbeiter, Piloten, Oompa Loompas und ihre devoten Gespielinnen zugeschissen. So kann's gehen. Was wollte ich sagen?

Genau. Es gibt noch eine Möglichkeit, nämlich die, dass ich SIE ENTDECKE! Ist bis vor Kurzem insgesamt genau null mal vorgekommen. Aber dann, um jetzt mal zum Punkt zu kommen, lernte ich die Verfasser dieses Buches kennen: Nadine und Mark Backes. Ich trat in der Jahrhunderthalle Frankfurt auf, wie üblich zu lang, dann ging das Bühnenlicht aus, Vorstellung vorbei, ich galoppierte hinter den Vorhang und fragte den Veranstalter, wo sich der Büchertisch befände. Hatte ich mich vorher nicht drum gekümmert, und ich bin schon mal auf der Suche nach dem Signiertisch irgendwo im Norden zwanzig Minuten durch den Bereich zwischen Großküche und Wandverkleidung gekrabbelt. Unangenehm. Der Veranstalter wies mir den Weg. Eine längere Schlange hatte sich gebildet, ich fummelte meine Stifte (teure Lackstifte übrigens, die einen fatalen Hang dazu haben, Bücher, Tischdecken und Kleidung in den schillerndsten Farben einzusauen) hervor und begann zu signieren. Dauerte alles in allem eine halbe Stunde. Dann, als letzte »Kunden«, traten Nadine und Mark an den Tisch und drucksten eine Runde herum. Sie hätten was geschrieben.

»Schau an«, sagte ich und musterte sie dabei. Immerhin trugen sie völlig normale Kleidung. Mein letzter Kontakt mit einem Manuskript-Nomaden lag schon ein halbes Jahr zurück. Ein Mann mittleren Alters, schwarzer Rolli, Springerstiefel, so ein seltsamer asymmetrischer Filzmantel, Barett auf dem Schädel, und eine (echt jetzt) viereckige Brille mit orangen verspiegelten Gläsern im Gesicht. Er sprach:

»Hier, Herr Sträter. Nehmen Sie.«

Er reichte mir eine Kladde.

»Was mag dies sein?«, fragte ich.

»Die Wahrheit.«

»Ganz schön dünn dafür.«

»Die Wahrheit übers Universum und wie wir Menschen alle Kriege beenden können.«

»Dafür ist die Dicke genau richtig«, erwiderte ich.

Der Mann nickte. »Lesen Sie es.«

Eine Minute geschah nichts.

»Jetzt, oder was?«

»Ja. Es ist von einer hohen Dringlichkeit.«

»Nun«, sagte ich, »ich kann jetzt nicht. Die elfte Stunde hat bereits geschlagen, das Theater löscht die Kandelaber und ich muss zeitnah aufs Heftigste exkrementieren.«

»Gut. Aber lesen Sie es sehr bald. Wir haben nur diesen einen Planeten.«

»Okay.«

Der Mann fixierte mich.

»Ist noch was?«

Er sagte nichts.

»Wegtreten.«

»Lesen Sie es! Ich beschwöre Sie!«

»Gewiss.«

Der Mann ging. Ich würde es gern anders formulieren, aber ich habe dann das Manifest des Mannes in acht Minuten beim Kacken quergelesen und seine Ideen rechtfertigten nicht unbedingt den Umstand, dass für das Papier ein Baum gefällt worden war.

Da das Pärchen, das nun vor mir stand, allerdings völlig normal wirkte, nahm ich ihnen ihre Mappe ab und begann zu lesen. Ich las mehrere Minuten. Es war ziemlich lustig. Hm, dachte ich. Keine pseudo-lustigen Namen, nicht weitschweifig im Aufbau, pointiert ... wo ist der Haken? Ah, dachte ich. Vermutlich die Menge an Material. Die haben bestimmt nur vier gute Texte und dann ist Sense. Nächste Geschichte. Auch lustig. Gibt's doch gar nicht. Ich las noch zwei. In der Halle wurde das Licht ausgeschaltet.

»Wo habt ihr das her?«, fragte ich.

»Geschrieben.«

»Wichtigere Frage«, setzte ich nach, »wie viel habt ihr davon?«

»Viel. Und wir sind dabei, mehr zu schreiben.«

Es war im Prinzip ein klassischer Breaking-Bad-Crystal-Meth-Dialog.

»Das ist alles sehr gut«, sagte ich. »Ich bin allerdings kein Maßstab.«

»Inwiefern?«, fragte Nadine Backes.

»Das habe ich weiter oben im Vorwort erklärt.«

»Was?«

»Das Vorwort für dieses Buch.«

»Buch?«

»Tenet«, sagte ich.

Stille.

»Egal. Ich höre mich mal um.«

Und das geschah. Ich las alle Geschichten und sie waren sehr lustig. Einige Telefonate, ein paar E-Mails und die Sache war eingetütet.

Ein Buch.

Dieses Buch.

Ich kann Ihnen jetzt erzählen, was ich will, wie witzig dieses Buch ist und wie nah am Leben und wie launig geschrieben, aber das ist gar nicht nötig. Sie müssen nur umblättern, um zu sehen, dass ich recht habe. Darauf bin ich dann doch ein bisschen stolz.

Ich wünsche Ihnen nun viel Spaß beim Lesen ... machen Sie es sich gemütlich. Draußen weht ein lauer Wind, füllen Sie Öl in die Lampe und drehen Sie die Flamme etwas herunter, geben Sie dem Butler einen Wink, er möge sich zur Ruhe begeben, alle Tagesgeschäfte wären getan und Sie hätten den Brandy ja in Griffnähe, legen Sie sich die von den Landfrauen in Jahrzehnten zu einer Decke verpunzten Schafe über die Knie, da, Regen prasselt gegen die Butzenscheiben, in der Nähe des Kamins knarren die Dielen, denn sie verziehen sich durch die Diskrepanz von Raumtemperatur und Abstrahlungswärme des Feuers, aber da kann morgen mal der Gärtner schauen, der hat da ein Händchen für, nicht dass da eine Bohle hochkommt und irgendwann bleibt man da barfuß mit dem Zehnagel hängen und bums: Notaufnahme.

Ich hab's schon wieder gemacht. Entschuldigung.

Torsten Sträter

JEDER KANN DAS

Wie beweist man glaubhaft, dass man etwas wirklich nicht kann? Schwierig.

Man tut es. Es klappt nicht. Und zack: Der Vorwurf, absichtlich zu versagen, steht sofort im Raum.

Beispiel: Der Mann kann nicht singen. Kein bisschen. Für mich nicht zu begreifen. Jeder kann singen. Also lasse ich nicht locker, bis der Mann singt. Es ist tatsächlich nicht so schön. Sogar die Rauchmelder schlagen an. „Ja, klar", sag ich, „das hast Du doch extra schlecht gemacht. Mach mal richtig jetzt!"

Anderes Beispiel: Ich kann den viel zu großen Wagen des Mannes nicht in die viel zu kleine Garage fahren. Trotz oder gerade wegen der hohen Kosten, die die Beweisführung verursacht, unterstellt der Mann mir stumm Vorsatz. Jedes Mal.

Schwimmen. Auch so eine Sache. Der Mann kann nicht gut schwimmen, sagt er. Nur ein paar Bahnen. Dann ist Schluss. Ich denke, er ist einfach nur zu faul. Tod durch Ertrinken wäre da eigentlich der einzige ernst zu nehmende Beweis. Und selbst dann ist Faulheit nicht völlig vom Tisch. Finde ich.

Es ist Sonntag. Es ist Juni. Der Mann und ich frühstücken auf dem Balkon.

„Das ist der perfekte Tag zum Wandern!", sage ich.

Der Mann ignoriert mich eine Idee zu auffällig.

„Das ist schön, das machen jetzt alle!", erkläre ich.

„Das ist das, wo man irgendwo rumläuft, obwohl man nirgendwo hinmuss, richtig?"

„Der Weg ist das Ziel."

„Aber wenn das Ziel weg ist, wo ist denn dann der Weg hin?“

Mannomann. Er versucht sich aus der Situation zu kalauern. Das hat noch nie funktioniert. Er sollte das wissen. Es steigert nur meine Entschlossenheit.

„Wir wollten doch mehr unternehmen. Und jetzt fangen wir damit an.“

Der Mann schaut sehr ernst: „Ich kann nicht wandern. Echt nicht. Hab's mal probiert. Ich kann es einfach nicht. Von der Orthopädie her.“

„Blödsinn. Jeder kann wandern. Punkt.“

Eine Stunde später: Der Mann beginnt damit, seinen Rucksack zu befüllen. Na ja, Rucksack ... es ist ein klassischer Turnbeutel. Aus den Achtzigern. Von Puma. Er räumt ihn mehrmals aus und wieder ein. Ich atme hörbar aus und frage: „Kann es sein, dass du Zeit schinden willst?“

„Hast du was zu trinken eingepackt?“, fragt der Mann.

„Ja.“

„Was zu essen?“, fragt der Mann.

„Ja.“

„Sonnenmilch? Mückenspray?“

„Ja.“

„Was gegen Durchfall, Sodbrennen, Schilddrüsenunterfunktion? Rei in der Tube? Die karierte Decke? Regenkleidung? Strandbekleidung? Und was für wenn's doch richtig kalt wird? Nachts? Ah. Und was zu spielen. Und was zu lesen. Manchmal dauert es ganz schön lange, bis die Rettungstrupps einen finden.“

Im Auto läuft eine CD: Eine todtraurige Gitarre begleitet eine noch traurigere Stimme. Der Mann kaut dazu Unterlippe und fährt ungewöhnlich langsam. Trotzdem meldet das

Navi irgendwann, ‚Sie haben ihr Ziel erreicht.' „Das bezweifle ich!", mault der Mann. „Das Gerät hat einen völlig falschen Eindruck von mir und meinen Zielen."

Die Beschreibung des Weges im Internet verspricht uns herrlichen Wald, Streuobstwiesen, weite Blicke über die Kulturlandschaft sowie einsame Ruhezonen. Kleiner Schönheitsfehler: Wir haben den falschen Parkplatz erwischt und müssen erst mal eine steil ansteigende, stark befahrene Bundesstraße entlanglaufen. Die Sonne knallt. Der Mann schwitzt und schweigt.

„Da vorne ist schon die erste Erlebnistafel." Ich versuche, die Stimmung zu pushen.

Der Mann rechnet: „Wenn der Wanderweg an sich vier Kilometer lang ist, der Fußweg zum Wanderweg aber schon zehn Kilometer, dann kriegen wir doch noch was raus, oder?"

Am Beginn des Wanderweges machen wir die erste Pause. Wir sitzen auf einem Baumstamm und trinken Capri-Sonne. Der Mann hat sein Knoppers schon im Auto gegessen. Wir teilen uns meins.

Ein Rentnerpaar rast an uns vorbei. Der Mann schnauft verächtlich: „Wenn sie die blitzen, sind die für drei Monate die Rollatoren los."

Ich behaupte, dass es auf der Strecke eine Eisbude gibt. Das zieht. Der Mann tappt wieder los.

„Das ist nicht exakt Wandern, was du da machst. Wandern geht irgendwie … schneller."

Der Mann schnauft. „Dann krieg' ich nix mehr von der Landschaft mit."

Ich versuche den Mann zu motivieren. Ich möchte, dass er seine Wanderblockade löst und sich bewusst auf diese neue Erfahrung einlässt. „Beim Wandern ist es so wie beim Joggen oder beim Schwimmen. Nach einer Weile stellen sich solche Glücksgefühle ein, dass du gar nicht mehr aufhören kannst."

Der Mann tappt jetzt wie Charlie Brown, wenn er traurig ist.

„Ich hab Heimweh", sagt er.

„Ich weiß", sage ich und streichle seinen Hinterkopf.

Ein Schild weist uns den Weg zum Keltenhaus. Dem Höhepunkt des Wanderwegs. Dort, wo es auch das Eis gibt. Also sehr wahrscheinlich. Müsste es eigentlich. Besser wär's jedenfalls.

3,4 Kilometer, sagt das Schild.

„Wie kann das sein?", fragt der Mann. „Wir sind seit fünfzehn Stunden unterwegs!"

„Der Rest geht jetzt ganz fix", lüge ich. Und schleppe Charlie Brown weitere fünfhundert Meter durch den Wald.

Hilfreich wäre jetzt mal ein abrupt einsetzender Landschaftswechsel. Streuobstwiesen wären schön. Vielleicht auch was mit Tigern. Oder Elefanten. Drachen? Wikinger würden die Situation in jedem Fall beleben. Notfalls auch Kelten.

Der Mann lässt sich auf eine Bank plumpsen.

„Der Vogel lacht mich aus", sagt er.

„Welcher Vogel lacht?"

Der Mann zeigt irgendwohin nach oben. Stimmt. Ein Vogel lacht. Ich nehme ein Holzstöckchen und werfe es nach dem Spatz. Zwar treffe ich nicht, aber dem Vogel ist der Spaß vergangen. Darin sind sich Vogel und Mann also schon mal einig.

Ich ziehe einen Schoko-Müsliriegel aus meinem Rucksack und eine bewährte Strategie aus meiner Trickkiste: Ich stelle, weil es mir gerade so durch den Kopf geht, interessiert klingende Fragen zu historischen Boxer-Motoren, also luftgekühlten natürlich. Er frisst den Köder. Kaut auf dem Müsliriegel und beginnt zu dozieren. Dabei nimmt er wieder Fahrt auf.

Seit einer Viertelstunde kommen wir gut voran. Wir werden kaum noch von anderen Wandergruppen überholt. Es läuft.

„Da hinten ist übrigens Südamerika", sagt der Mann nicht ohne Stolz.

„Soll ich dir die Rehe zeigen?", frage ich den Mann. Laut Routenbeschreibung ist hier irgendwo ein Wildgehege. Vor uns ist eine Familie, die auch ein Kleinkind dabeihat. Wir müssten uns nur dranhängen. Die wollen ja bestimmt auch die Rehe besuchen.

„Was tun Rehe?", fragt der Mann.

„Schon gut, war ja nur ein Vorschlag." Für einen Moment hatte ich vergessen, dass der Mann aus der Eifel stammt. Die Aussicht auf Rehe ist ihm völlig egal. Die haben sie früher mit dem Besen von der Terrasse gejagt.

Ein Paar kommt uns entgegen. Seinem traurigen Gesicht ist zu entnehmen, dass er sein Wochenende lieber für ein „Schlemmer- und Wellness-Arrangement" genutzt hätte. Der verkniffen-sportliche Blick von ihr verrät, dass diese Option nie bestand. Nun hat er Trekkingsandalen an. Und Hunger.

Die beiden Männer nicken sich im Vorbeischlurfen schweigend zu. Für einen Moment fühle ich mich ertappt. Dann wische ich den Gedanken entschlossen weg. Nein. Bei uns ist das anders. Er möchte es. Er weiß es nur noch nicht.

Wir haben den Wald hinter uns gelassen. Ein herrliches blühendes Panorama liegt vor uns. Wiesen, Sträucher, Bäume. Alles da. Und so hübsch angeordnet.

„Das ist sooo schön hier!", sage ich. Ich pflücke ein Gänseblümchen und stecke es mir in den Zopf.

Der Mann humpelt jetzt. Eine Blase. Eine Blase? Wie kann man sich in völlig ausgelatschten Turnschuhen eine Blase laufen? Offenbar reine Willenssache.

Die Kuh, deren Weide wir kreuzen, schaut erst den Mann mitleidig, dann mich vorwurfsvoll an. Der Mann lehnt sich an die Kuh, um den Schuh auszuziehen. Er hat tatsächlich eine Blase. Die Kuh sieht es auch.

Das ist zu viel. Ich gebe auf.

„Okay,“, sage ich. „Dann ruf halt an.“

Wir warten. Der Mann. Die Kuh.Und ich. Eine gewisse Anspannung liegt in der Sommerluft.

Die ersten drei Taxen, die den Wanderweg entlangrumpeln, können uns leider nicht mehr mitnehmen. Offensichtlich haben nachfolgende Wanderer diese Gelegenheit nicht an sich vorbeifahren lassen und sich jedes Mal unser Taxi geschnappt.

Der Mann ruft noch mal in der Taxizentrale an und vereinbart ein Codewort: *Der lustigste Müller wandert nicht. Nie.* Das klappt. Die Kuh trabt zufrieden ab, während wir ins Taxi steigen.

„Direkt zum Parkplatz oder machen wir die Runde fertig?“, will unser Fahrer wissen. Er kennt sich aus.

Der Mann hat offensichtlich wieder neuen Lebensmut: „Sehen wir aus wie Abbrecher? Wir machen natürlich die komplette Runde! Nächster Halt: Keltenhaus.“ Charlie Brown mutiert zu Homer Simpson.

Wir stehen mit dem Taxi mitten im Wald zwischen zwei Rekonstruktionen historischer keltischer Siedlungshäuser. Unbewohnt,versteht sich. Das Keltenhaus ist etwa so spektakulär wie eine Grillhütte der Naturfreunde Bielefeld. Nur das gastronomische Angebot ist noch dürftiger und geht gegen null. Es ist sehr still. Nur die Klimaanlage im Auto surrt.

„Ich bin sicher, die hatten hier Eis“, sagt der Mann. „Wir sind halt einfach vierhundert Jahre zu spät.“

„Nicht meine Schuld!“, sage ich. „Du hast so getrödelt.“

„Zwei Kilometer von hier gibt es einen McDrive“, sagt der Taxifahrer.

„Keltisch?“, fragt der Mann.
„Keine Ahnung. Aber die haben Eis.“

Es ist Sonntag. Es ist September. Der Mann und ich frühstücken.
„Da hat ’ne neue Kletterhalle aufgemacht“, sage ich.
Der Mann ignoriert mich eine Idee zu auffällig.
„Michael und Sonja waren letztens da und fanden es cool“, erkläre ich.
Der Mann schaut sehr ernst: „Ich kann nicht klettern. Echt nicht. Ich hab‘ Höhenangst. Das macht null Sinn.“
„Blödsinn. Jeder kann klettern. Du musst es wenigstens mal versuchen.“

PROJEKTMANAGEMENT

Die Frau möchte einen Gartenteich. Warum, weiß niemand so genau. Sie möchte auch keine Fische haben oder so was. Frösche kann sie gar nicht leiden. Zu laut. Zu aufgeblasen. Aber einen Teich an sich fände sie schon gut.

Auf Pinterest hat sie ein Album zum Thema Teich angelegt. Mit sämtlichen Bildern, die das Internet dazu hergibt. Wir gehen sie alle einzeln durch. Sie zeigt auf das dreihundertste Bild und sagt zum dreihundertsten Mal: „Guck, genau so hab ich mir das vorgestellt."

Die einzig erkennbare Gemeinsamkeit dieser Teiche ist Wasser. Ich kann mir beim besten Willen nicht vorstellen, was das jetzt genau für ein Teich werden soll. Ist aber auch egal. Denn ich habe nicht vor, eine aufwändige Riesenpfütze in unsere Wiese zu bauen. Aber so weit wird es auch gar nicht kommen. Noch vor dem ersten Spatenstich werden wir uns gemeinsam entscheiden, dass unser Garten keinen Tümpel braucht.

Meine Rolle dabei sehe ich eher als beratend. Ich stehe der Frau als Projektmanager uneingeschränkt zur Verfügung. Gebe Hilfestellung, Impulse und Denkanstöße. Grundsätzlich ist meine Haltung betont positiv. An mir wird es nicht scheitern. Ein solches Projekt endgültig zu beerdigen, muss die Entscheidung der Frau sein. Ich führe sie nur an die Problematik heran. Sie erkennt dann ganz selbstständig, dass wir diesen Blödsinn lieber lassen.

„Also gut", sage ich, „stecken wir im Garten mal die Möglichkeiten ab."

„Jetzt sofort?" Die Frau ist überrascht.

„Na klar, Engelchen. So was packt man am besten direkt an."

„Du bist der Beste!“ Sie gibt mir einen Kuss auf die Stirn. „Ich hatte schon Schiss, dass du keinen Bock drauf hättest.“

Ich gehe in den Keller und krame die Heringe meines orangenen Iglu-Zelts hervor. Dazu eine original verpackte Wäscheleine. Die ist übrigens noch von unserer Hochzeit. Da sollten Lampions dran oder so was. Egal.

„Also gut. Bauen wir einen Teich. Wo soll er hin?“

„Hm. Ich dachte so von hier ... da so rüber. Dann bis zum Grillplatz ... Und wieder zurück zur Terrasse.“

„Das ist eine tolle Idee“, lüge ich. „Allerdings steht der Kirschbaum dann im Teich.“

„Findest du das schlimm?“

„Ich nicht. Aber der Kirschbaum möglicherweise. Vielleicht sollten wir ihn durch eine Mooreiche ersetzen.“

Die Frau überlegt. „Und wenn wir den Grillplatz wegmachen?“

„Dann ist er weg“, sage ich.

„Stimmt“, sagt die Frau.

Die Frau nimmt einen der Heringe und geht auf die Wiese zwischen Grillplatz und Gartenhäuschen. „Aber so würde es gehen.“

Sie steckt ein etwa drei Quadratmeter großes Oval ab.

Wir stellen uns beide in den Teich und schauen uns um.

„Okay“, sage ich. „Man müsste dann eben hinter dem Hochbeet lang und durch den Sandkasten ins Gartenhäuschen. Oder halt durch den Teich.“

„Findest du das schlimm?“, fragt die Frau.

„Nein“, sage ich, „in dem Gartenhäuschen ist eh nix drin, was ich brauche. Im Prinzip muss ich da nie rein.“

„Wozu brauchen wir eigentlich noch mal den Sandkasten?“

„Kind. Dreck. Förmchen. Zwei Stunden Ruhe. Du erinnerst dich?“ Ist zwar schon eine Weile her, aber eigentlich sollte sich die Frau an das Konzept Sandkasten noch erinnern können.

„Das Kind ist 17", sagt die Frau und entscheidet spontan: „Weißt du was? Wir machen das blöde Ding einfach weg."

„Wenn du meinst", sage ich. „Den Sand können wir ja für den Teichbau verwenden.

Und das Hochbeet verschieben wir einfach ein bisschen zurück, dann ergibt sich ein breiter Weg zum Gartenhaus."

„Gut, dann lass mal machen."

Während die Frau die Wäscheleine von Hering zu Hering spannt, wodurch unser neuer Teich langsam richtig Form annimmt, stemme ich die beiden alten Schreibtischplatten, die bisher den Sandkasten symbolisiert haben, und trage sie durch das Gartenhäuschen zum Holzplatz. Eigentlich ganz gut. Den Holzplatz markierte bisher ein vergilbter Plastikgartenstuhl. Die Platten sind viel besser. Echter. Jetzt kann man sich auch mal vorstellen, wie viel Holz auf unseren Holzplatz passen wird.

Am Gartenhäuschen arbeite ich noch. Bisher sind lediglich die vier Ecken mit jeweils einem Bitburger-Bierkasten abgesteckt. Sobald aber die finale Entscheidung darüber gefallen ist, welche Größe das Häuschen genau haben soll, werde ich alle vier Wände mit Getränkekisten aufstapeln. Im Maßstab 1:1.

„Schau mal!" Die Frau steht auf der grünen Abdeckplane, die den Rasenanteil unseres Gartens skizziert. „Hier könnte man super noch eine Bank hinstellen. Dann würde man unter dem Kirschbaum sitzen." Sie zeigt hinter sich auf den Besenstiel im Sonnenschirmständer.

„Und man schaut direkt auf den Teich." Sie zeigt auf die Heringswäscheleine.

„Sehr gut, Engelchen! Da hab' ich genau das Richtige für dich."

Ich nehme den ehemaligen Holzplatzplastikstuhl und stelle ihn unter den Kirschbaumbesenstiel.

„Das wird irre gemütlich, findste nicht?“ Die Frau strahlt. „Setz dich doch zu mir auf die Bank.“

„Klar. Moment.“ Ich gehe neben das Haus zu dem Platz, an dem unser Carport vorgesehen ist. Wir haben die Stelle mit dem alten Golf II der Frau reserviert. Zum einen, weil es sich thematisch irgendwie anbot. Zum anderen kam der Golf nicht mehr über den TÜV. Nicht mal bis hin. Ich werde ihn wahrscheinlich aber irgendwann wieder fit machen. Übergangsweise nutzen wir ihn aber jetzt auch als Lager für Dinge, die später mal ins Gartenhäuschen kommen.

Ich nehme also einen Holzklappstuhl vom Beifahrersitz. Auf dem Rückweg bringe ich der Frau eine Cola light aus dem Terrassenkühlschrank mit. Der Terrassenkühlschrank symbolisiert den Platz, wo später einmal der Terrassenkühlschrank sein soll. Eines der wenigen Gartenbauprojekte, die ich selbst initiiert habe.

Ich setze mich zur Frau an den Gartenteich.

„Meinst du, man könnte den Teich von innen beleuchten?“, fragt die Frau.

„Ja, das meine ich. Haben wir nicht noch Wunderkerzen im Keller? Damit könnten wir schon mal markieren, wo die Scheinwerfer hin sollen Und wenn wir sie anzünden, sogar einen Eindruck gewinnen, wie sich das Licht dann verteilt.“ Wenn ich mich so reden höre, bin ich fast selbst davon überzeugt.

„Das ist eine gute Idee“, sagt die Frau und begibt sich auf Wunderkerzensuche. Es ist sehr friedlich an unserem Teich.

Ich bin sehr froh, eine Frau mit vielen Ideen zu haben. Und mit viel Fantasie. Eine tolle Kombination. Das mit der Fantasie erleichtert das mit den Ideen erheblich.

Das Projekt Teich läuft natürlich noch. Da bleiben wir dran. Aber der Drecks-Sandkasten hat sich ja jetzt zum Glück schon mal erledigt.

DIE HOCHZEIT DER ANDEREN

„Der Bräutigam ist sehr jung", merke ich an.

„Pssst!", sagt die Frau.

„Ist der schon volljährig? Wahrscheinlich muss sein Papa das Ja-Wort geben."

„Der Papa IST der Bräutigam. Und jetzt halt die Klappe!"

Ich versteh gar nix. Zum einen, weil der Trauredner nuschelt. Zum anderen ist mir die Beziehungslage unklar. Etwa zwanzig Männer tragen weiße aufgekrempelte Hemden, Hosenträger, Fliege, dunkelblaue Hosen und hellbraune Lederschuhe. Jeder könnte hier heiraten wollen. Gott sei Dank ist die Braut mithilfe von reichlich Tüll markiert worden. Ist mir eigentlich auch egal, wer hier mit wem. Hauptsache, es geht schnell.

Tut es nicht.

Der Trauredner erzählt uns die Geschichte der beiden. Er verzichtet auf kein Detail. Vor allem die Nebensächlichkeiten haben es ihm angetan. Er spricht seit etwa zwanzig Minuten und die beiden haben sich noch nicht mal kennengelernt. Jetzt gerade verzettelt er sich in einem unübersichtlichen Gestrüpp der leidenschaftlichsten Sinn- und Kalendersprüche des Internets. Ich bin raus. Ich beschäftige mich still. Es sind dreizehnmal mehr rosa als blaue. Blumen. Auf dem Kleid der Frau vor mir. Jedenfalls hinten. Wäre es unverschämt, die Frau zu fragen, ob sie sich mal umdrehen kann?

Vielleicht bedeutet „freie Trauung" ja auch, dass die Braut noch bis kurz vor dem Ja-Wort die freie Wahl hat, wen sie nun heiratet. Einzige Bedingung: Hosenträger und Fliege. Damit wär ich schon mal fein raus. Der Trauredner hat ein Mikrofon bekommen: „Die Liebe ist das Einzige, was sich verdoppelt, wenn man es teilt."

Ich rechne es nach. Stimmt nicht. Die Frau bekam meine Liebe. Ich ihre. Summa summarum: genauso viel wie vorher. Wenn ich mir aber mit der Frau einen Lkw voller Käsekuchen teile, dann verdoppeln wir uns tatsächlich. So wird ein Schuh draus. Das Kleid muss korrekt heißen ‚ein festliches Sommerkleid mit rosa und hellblauen floralen Applikationen'. Weil ja mehr von den rosa da sind.

Die Frau und ich hatten eine unfreie Trauung. Ohne Auswahlmöglichkeit. Ob sie mich gewählt hätte? Ob ich überhaupt hingefahren wäre, wenn sie mich nicht schon von zu Hause mitgebracht hätte? Eher nicht. Ein schönes Bild: Die Frau kommt abends von ihrer Hochzeit heim. Ich sitze auf der Couch, gucke Netflix und rufe: „Und Engelchen, wie fanden sie dein Kleid?"

Die Frau zieht mich am Ärmel: „Hör auf, so blöd zu grinsen!"

Wir sollen wieder aufstehen. Wieder irgendwas mit Wünschen für das Brautpaar. Diesmal jeder für sich. Aber alle verbunden durch eine Plastikleine, die von Gast zu Gast weiteraufgewickelt wird. Ich wünsche mir für die beiden Wäscheklammern. Und Liebe. Auf Augenhöhe. Natürlich. Angeblich kenne ich die Braut. Sie ist eine ehemalige Arbeitskollegin der Frau. Kann sein, kann nicht sein. So wie die Braut zurechtgemacht ist, könnte sie jede sein. Aber die Frage nach dem Bräutigam scheint sich zu klären. Es ist tatsächlich nicht der Teenie, der die Braut hereingeführt hat.

Offen ist dagegen noch die Frage: Menü oder Büffet? Die Location ist ein Restaurant mit dem Slogan *Feiern in gehobenem Ambiente*. Falls man's nicht merkt. Ich stecke der Frau vorsichtig einen Fünf-Euro-Schein zu und flüstere: „Alles auf Büffet."

Die Frau flüstert zurück: „Angenommen. Was ist mit dem ersten Lied nach der Trauung?“ Ich stecke ihr einen Zehner zu. „Leonard Cohen. *Hallelujah*.“

„Quatsch!“, sagt die Frau. „Das kann der Typ doch gar nicht.“

Der Alleinunterhalter, der sich hinter einem Berg Keyboards versteckt, wird sich davon aber nicht aufhalten lassen, denke ich. Die Frau ist naiv.

„Ich bleib dabei!“, sage ich. Einen Tacken zu laut. Ich fange mir einen bösen Blick vom Trauredner ein.

„Gelbe Karte“, flüstert die Frau und grinst jetzt selbst blöd.

Während der Alleinunterhalter den Text von *Hallelujah* singt, geht ein Gefäß durch die Reihen.

„Fünf Euro, dass es die Urne von Onkel Hubert ist. An diesem ganz besonderen Tag darf er nicht fehlen.“

Die Frau nimmt diese Wette nicht an. Die Urne allerdings auch nicht. Unser Sitznachbar erklärt, dass in die Urne Zettel mit Wünschen gesteckt werden sollen. Wir haben keine Wünsche vorbereitet. Schon gar nicht in Papierform. Ich stecke Onkel Hubert den Fünfer zu und wünsche ihm einen schönen Tag.

Das Ende kommt überraschend. Der Trauredner bedankt sich bei uns und fordert uns auf, dem Brautpaar nun zu gratulieren und unsere besten Wünsche mit auf den Weg zu geben. Blöd für die, die ihre besten Wünsche schon in die Urne gesteckt haben. Ich gucke auf die Uhr. Viertel nach drei. „Engelchen, Abendessen gibts doch bestimmt nicht vor sechs, oder?“

„Halb acht“, sagt die Frau. „Hat mir Kerstin gesagt.“

„Wer ist Kerstin?“

Die Frau verdreht die Augen. „Die Braut! Es wäre schön, wenn du dir das jetzt für den Rest des Tages merken könntest.“

„Kerstin. Halb acht. Kerstin halb acht“, wiederhole ich.

Ein betont dynamisch auftretender Fotograf mit blonder Assistenz ruft zum Shooting auf. Es gibt Regeln. Zuerst das Brautpaar. Dann das Brautpaar mit Trauzeugen. Dann das Brautpaar mit Eltern. Dann das Brautpaar mit Trauzeugen und Eltern. Dann Ex-Partner mit Kindern und Neffen. Dann Alleinunterhalter nur mit Braut. Dann habe ich den Faden verloren.

Ich vergewissere mich beim Servicepersonal, dass halb acht weiterhin steht und frage, ob vorher noch Kuchen oder Häppchen vorgesehen sind. Sind nicht. Ich lasse mir eine Flasche Grauburgunder aushändigen und gehe zur Frau zurück.

Wir stehen etwas abseits und blicken von der Terrasse des Restaurants auf das neue Industriegebiet. Ein gigantisches Möbelparadies-Logo dreht sich langsam auf dem Dach einer fast endlosen grauen Halle.

„Wir haben vier Stunden frei", sage ich.

„Das können wir nicht machen. Echt nicht!"

Wir sitzen auf einem Designer-Ledersofa im Mitnahmemarkt. In der Geschirrabteilung haben wir uns Gläser geliehen. Der Grauburgunder ist gut. Süffig. Vielleicht ein bisschen zu warm. Egal. In der zweiten Etage gibt es ein Selbstbedienungsrestaurant. Die Frau hat uns ein Tablett mit Häppchen und Kuchen zusammengestellt. Wir füllen die ausliegenden Kunden-Feedback-Zettel mit guten Wünschen für Kerstin und den Bräutigam aus.

Es ist halb fünf. Zeit, ein paar der anderen Gäste kennenzulernen. In der Küchenabteilung treffen wir auf Nina und Michael. Sie bauen gerade neu und sind dabei, sich ein Küchenkonzept zu überlegen. Wir quatschen ein bisschen über Vor- und Nachteile von Ceranfeldern sowie Sinn und Unsinn von im Kühlschrank integrierten Ice-Makern. Sie scheinen ganz nett zu sein. Und sie kennen hier sonst auch niemanden. Vielleicht sitzen wir nachher ja zusammen. Wir verabschieden uns bis später und suchen in der Bettenabteilung nach etwas Privatsphäre. Um sieben möchte das Möbelparadies dann schließen. Passt ganz gut. Wir müssen uns ja noch kurz frisch machen.

Als die Frau und ich geheiratet haben, ist uns die ganze Geschichte etwas aus dem Ruder gelaufen. Die Frau hatte die komplette Hochzeit bereits Jahre zuvor in allen Einzelheiten auf Pinterest abgespeichert. Eigentlich mussten wir die Bilder nur noch nachstellen. Eine Scheunenhochzeit. Aber authentisch und original. Kein nachgemachter Scheiß. Klar. Schließlich leben wir mitten in der Stadt. Was könnte authentischer sein? An die eigentliche Trauung hab ich kaum Erinnerungen. Ich war viel zu müde von den drei Tagen Aufbau. Und einfach nur froh, dass wir den ganzen Krempel halbwegs stehen hatten. Das weiß ich noch. Und dass wir keine Tupperdosen für das übrig gebliebene Grillbüffet dabeihatten. Das geht mir bis heute nach. Manchmal, wenn ich hungrig ins Bett gehe, träume ich davon, an die Tiefkühltruhe zu gehen und mich an einem Grillbüffet für zwanzig Personen zu vergreifen. Und ich frag mich immer noch, welcher meiner Freunde das komplette Notfallkörbchen vom Herren-WC geklaut hat. Inklusive Autan. Jedes Mal, wenn ich von einer Mücke gestochen werde, muss ich daran denken. Und ich weiß noch, dass mein Vater keine Rede gehalten hat. Das war sein Hochzeitsgeschenk an uns.

Der Vater von Kerstins Bräutigam hat sich offensichtlich ein anderes Geschenk überlegt.

Als wir im Festsaal ankommen, erzählt der gut aussehende ältere Mann gerade, dass er keinen Sohn verloren, sondern eine Tochter dazugewonnen habe. Die Frau steckt mir unter dem Tisch zehn Euro zu. Zur Erläuterung zeigt sie auf die aufmarschierte Armee von Edelstahlwarmhaltebehältern: „Büffet."

Ich erinnere sie an *Hallelujah*. Sie kann nicht zahlen. Ich möchte, dass sie einen Schuldschein unterschreibt. Bei der nächsten Wünscherunde geht Papier rum.

Der Vater der Braut erklärt gerade, dass er keine Tochter verloren, sondern einen Sohn dazugewonnen habe. Ich rechne nach. Einer von beiden lügt. Oder beide. Die Rechnung geht ohne sehr viel Käsekuchen nicht auf.

Der Bräutigam eröffnet das Büffet. Er fasst sich kurz. Ich mag ihn.

Es ist halb elf. Auf der Terrasse der Location haben die Trauzeugen mit Helium gefüllte Herzballons vorbereitet. Wir sollen Zettel mit Wünschen daran befestigen. Die Frau hängt den Schuldschein dran. Ich verfolge ihn noch sehr lange, bis er am Logo des Möbelparadieses hängen bleibt. Ich werde ihn mir morgen holen.

Das Servicepersonal ist sehr nett. Sie bringen uns nur noch Flaschen und Eis. Die Frau tauscht mit einem Pärchen alte Schulgeschichten aus. Die Stimmung ist gut. Wir bleiben mit einer größeren Gruppe Gäste auf der Terrasse. Drinnen startet der DJ eine NDW-Party. Man kann ihm Zettel mit Wünschen zustecken. Ich wünsche dem Brautpaar irgendwie irgendwo irgendwann was von Nena. Dann erwischt mich der Brautvater. Er ist schon auf Mirabelle umgestiegen. Wir schnappen uns eine Flasche und er erzählt mir die Familiengeschichte seit Weltkrieg Eins. Die Frau bestätigt zwei älteren Damen, wie schön die Braut sei. Und wie toll der Trauredner das gemacht hat. Sie bleiben bei Grauburgunder.

Es ist halb drei. Ich helfe dem Brautvater ins Auto. Er sagt, dass er lieber MIR seine Tochter gegeben hätte. Ich weiß. Dann schläft er ein.

Auf der Terrasse wird sich viel in den Armen gelegen. Nicht mein Ding. Ich hol mir eine neue Flasche Irgendwas. Und gehe in die Disko. Wir sind jetzt bei den *Ärzten*. Alle grölen mit. Ich setz mich zu irgendwem. Wir unterhalten uns gut. Über irgendwas.

Die Frau kommt zu mir und sagt, dass es jetzt reicht. Sie möchte nach Hause. Okay. Ich geh nur noch mal schnell auf Toilette.

Halb fünf. Ich bin nur bis zur Theke gekommen. Whiskey-Cola-Runde mit den besten Freunden des Bräutigams. Sie erzählen Saufgeschichten. Ich auch. Wir kennen uns schon ewig.

Die Frau kommt vorbei und sagt, dass sie jetzt ihre Jacke holen geht.

Halb sechs. Die Frau hatte gar keine Jacke dabei. Ich muss immer noch auf Toilette. Der DJ ist schon heim. Die Braut auch. Der Bräutigam spielt Rap-Songs von seinem Handy. Ich denke, wir gehen jetzt wirklich.

Der Nachhauseweg zieht sich. Wir versuchen, Arm in Arm zu gehen. Aber obwohl wir uns den Weg teilen, verdoppelt er sich. Ständig. Wir machen eine Pause an einer Bushaltestelle. Ich kann endlich auf Toilette. Die Frau schreibt bei WhatsApp und bedankt sich bei Kerstin für den tollen Tag. Bewundert nochmals ihr Brautkleid. Und schickt ihr die restlichen Wünsche.

Gleich sieben. „Gibts um halb acht nicht Essen?", rufe ich. Wir sind zu Hause.

Ich nehme eine Flasche Wein aus dem Kühlschrank und fummele den Verschluss ab.

An der Kühlschranktür entdecke ich die Einladungskarte zur Hochzeit von Kerstin und Jens. Save the Date: 28. August.

„Lustig", sage ich, während ich den Grauburgunder in zwei Wassergläser umfülle. „Kerstin hat ja genau an Papas Geburtstag geheiratet."

„Quatsch!", ruft die Frau vom Sofa. „Dein Papa hat erst nächste Woche Geburtstag. Am 28. Wie jedes Jahr. Seit 1847."

Ich drücke der Frau ein Glas in die Hand. Wir gucken uns lange an.

„Aber wenn“, sage ich, „Papa erst nächste Woche Geburtstag hat, dann heiratet Kerstin auch erst nächste Woche.“

Die Frau trinkt und überlegt. Dann sagt sie: „Gut, dass wir auf den Fotos nicht drauf sind.“

Das Handy der Frau macht Töne. WhatsApp von Kerstin. Drei Fragezeichen.

WALTER. UND WIR

Der Mann und ich haben beschlossen, jeden Monat etwas *zum ersten Mal* zu machen. Was wir genau damit bezwecken wollen, wissen wir auch nicht. Es verspricht aber ein gewisses Leben abseits des Sofas.

Wir lassen die Sache locker angehen. Im ersten Monat gehen wir afrikanisch essen. Der Mann schlägt für den nächsten Monat iranisch vor. Ich interveniere. Es kann nicht nur ums Essen gehen. Das ist kindisch.

Zweiter Monat: Dresden, Semperoper. Don Giovanni. Jedenfalls bis zur Halbzeitpause. Dann gehen wir iranisch essen.

Im dritten Monat setzen wir aus. Wir haben es einfach vergessen.

Kurz vor Ende des vierten Monats kaufen wir ein Sofa. Grau. Hatten wir noch nie. Das zählt. Doch.

In den nächsten Monaten folgen halbherzige Aktivitäten, irgendwo zwischen Selbstfindung und Spargelsaison. Bei den meisten Dingen erkennen wir zügig, WARUM wir sie vorher noch nie gemacht haben: zu langweilig. Zu anstrengend. Zu viel Koriander.

„Das funktioniert so nicht", sage ich. „Die Aufgabenstellung muss konkretisiert werden."

„Genau, ab sofort geht es um unerfüllte Kinderwünsche", sagt der Mann.

„Nein", sage ich. „Ein Kind haben wir bereits. Es ist der Junge, der bei uns wohnt. Erinnerst du dich? Was du meinst, ist die Erfüllung eines Kindheitstraums."

„Oh Gott", sagt der Mann. „Du hast recht. Gut, dass du es noch rechtzeitig gemerkt hast!"

Der Mann tut mir leid. Meine Kindheitsträume – Koffer mit Wölkchen/hellblau und das Barbie Traumhaus – konnten wir bei Ebay besorgen. Na ja, schon etwas aufwändiger war es, meinen Wunsch zu erfüllen, einmal die weibliche Hauptrolle bei Starlight Express zu spielen. Vor allem für den Mann. Er musste alle anderen Rollen spielen. Dabei kann er weder Rollschuhfahren noch singen. Aber mit seinem Kostüm aus sehr viel Alufolie, Stirnband, Taucheranzug und Sofakissen als Knieschoner sowie mit ein bisschen Gaffa-Tape, Lametta und ziemlich viel Weihnachtsbeleuchtung kam er an Rusty schon ziemlich nahe ran. Vom Gefühl her. Weil das mit den Rollschuhen gar nicht klappte, fuhr er mit dem alten Kettcar vom Kind im Kreis. Für mich war's okay.

Ein Kindheitstraum des Mannes ist Rallyefahrer. Ausgerechnet.

„Natürlich bin ich dabei. Ehrensache!", sage ich spontan. Ich bin mir allerdings sicher, dass das gar nicht funktionieren kann. Wir haben weder Rennerlaubnis noch Rennauto. Vermutlich würden wir am Ende also mit zwei Kettcars den Hang hinter Mamas Haus hinunterrasen. Schlimm genug. Aber okay.

Ich hatte die Situation falsch eingeschätzt. Wenn man – wie der Mann – ein paar Meter neben dem Nürburgring aufgewachsen ist, kennt man auch jemanden, der einem ein geeignetes Fahrzeug leiht. Für 'ne Kiste Bier. Der Anruf dauerte nicht mal drei Minuten. Jetzt haben wir ein Rennauto.

Fehlt aber immer noch die Rennlizenz. Aufwändige Prüfungen. Gesundheitschecks. Sehtest. Fahrsicherheitstraining. Und dann die charakterliche Eignung. Hier bin ich recht zuversichtlich: Die schafft er nicht.

Ich hatte die Situation völlig falsch eingeschätzt. Charakterliche Eignung? Von wegen! Vor Veranstaltungsbeginn knallt man hundertfünfzig Euro auf den Biertisch und erhält dafür eine Rennlizenz. Gültig für einen Tag. Punkt.

Am Sonntag starten wir also bei der Litermont-Rallye. In einem Opel Kadett Coupé aus den Siebzigern. In Blau-Rot-Gold. Superhässlich.

„Du bist also mein Copilot und das ist unser Gebetbuch!", sagt der Mann und drückt mir einen Stapel Papiere in die Hand. Bei einer Rallye ist es nämlich so, dass der Beifahrer dem Fahrer sagt, wo's langgeht. Damit das schnell geht, gibt es einen merkwürdigen Code. Zum Beispiel: 100/6/links/macht auf. Das bedeutet: In hundert Metern gibt es eine sehr scharfe Kurve nach links, aus der heraus man sehr früh beschleunigen kann. Der Witz ist nun, dem Fahrer diese Information möglichst einhundert Meter vor der betreffenden Kurve zukommen zu lassen.

„Aha", sage ich. „Aber Navi haben wir sicherheitshalber schon, oder?"

„Ich sehe, im Prinzip bist du im Thema. Das muss reichen."

Der Mann lässt den Motor an. Klingt aggressiv. Ist mir viel zu laut. Das ganze Auto vibriert.

„Langsamer!", brülle ich instinktiv.

Der Mann sieht mich ratlos an. „Das wäre dann rückwärts. Wir stehen nämlich noch."

Er streichelt zärtlich über das Armaturenbrett. „Wir müssen gut drauf aufpassen", sagt er. Und ich bin mir irgendwie sicher, dass Opel und Mann unter ‚gut drauf aufpassen' etwas völlig anderes verstehen als ich.

Ein dicker Mann mit Warnweste presst drei seiner Wurstfinger an unsere Windschutzscheibe. Dann nur noch zwei. Dann einen. Dann versuchen wir ihn umzufahren. Die Räder drehen durch. Ich werde in den Sitz gepresst. Der Mann reißt die Gänge durch. Jedes Mal, wenn er schaltet, werde ich nach vorn geschmissen. Der viel zu schwere Helm zieht meinen Kopf nach unten. Dann knalle ich in die entgegengesetzte Richtung zurück in den Sitz. Und jetzt das Ganze wieder von vorne. Der Mann sagt: „Walter sagt, beim Beschleunigen müssen die Tränen der Ergriffenheit waagerecht zum Ohr hinabfließen."

Die Tränen sind hier das kleinste Problem, denke ich. Bilde mir ein, Pipi-Geschmack im Mund zu haben. Eventuell mit einem Schuss Galle. Werde Walter bei Gelegenheit fragen, was er sonst noch über Körperflüssigkeiten im Rallyesport weiß.

Bereits beim Start habe ich meine Unterlagen verloren. Vor der ersten Kurve schreie ich: „6-links!" Dann: „40! 2-rechts!100! 7-links?"

Der Mann knarzt durch die Gegensprechanlage: „Negativ. Links geht uns die Straße aus!"

Brülle irgendwas: „Rechts, links, 6 ... 9 ... 500! Auf! Zu! STOOOOOP!"

Ich kotze direkt auf die Strecke. Der Mann reicht mir Kamillentee aus der Thermoskanne. Und Erfrischungstücher. Der Streckensprecher meldet sich über die Außenlautsprecher am Start: „Alles in Ordnung bei der Opel-Gang?"

Offensichtlich sind wir noch nicht allzu weit gekommen. Er kann uns noch gut sehen. Der Mann zeigt ihm den Daumen nach oben. Ich den Mittelfinger.

„Ja, ja", tönt es aus den Lautsprechern. „Es nutzt nichts der schnellste Wagen, hat die Frau 'nen schwachen Magen."

Jetzt zeigt auch der Mann den Mittelfinger.

„Geht's wieder, Engelchen?"

Ich nicke. „Wir können ja einfach ein bisschen langsamer machen. So eilig haben wir's doch gar nicht, gell?"

Der Mann nickt.

Wir fahren jetzt eher gemütlich. Die Sache beginnt mir Spaß zu machen. Auch der Kadett wirkt weniger angespannt. Ich winke den Zuschauern gut gelaunt zu. Einige kommen sogar angelaufen und klatschen uns ab. Wenn Eltern mit kleinen Kindern dabei sind, halten wir auch mal an und lassen die kleinen kräftig hupen. Oder die Scheibenwischer testen. Je nachdem, worauf sie Lust haben. Manche binden auch mitgebrachte Bobbycars an den Abschleppkaken und lassen sich ein Stückchen mitziehen.

So gondeln wir gemütlich und unter dem begeisterten Applaus der Zuschauer unsere erste Wertungsprüfung zu Ende. Rallyesport ist Genusssport. Wenn man nicht so rast.

„Guck mal, da vorne ist sogar ein Bierstand. Lust auf 'ne Fanta?"

„Sicher ... ", sagt der Mann und parkt direkt vor dem Stand.

Ich bin mit meiner Limo fast fertig, als ein sehr bunt beklebtes, sehr lautes Rallyeauto mit der Startnummer ‚666' abrupt abbremst und zu uns zurückstößt. Es ist unter anderem verziert mit pinken Sponsorenaufklebern. Die Fahrertür öffnet sich und eine sehr durchtrainierte Frau im hautengen, knallpinken Rennoverall entsteigt. Sie nimmt den Helm ab und schüttelt die blond gelockte Mähne auf. Hat was von Baywatch. Nur ohne Meer. Und ohne Hasselhoff. Aber in Zeitlupe.

Sie baut sich vor uns auf und mustert mich von oben bis unten.

„Ach wie süß. Ein Mädchen!"

Dann dreht sie sich auf dem hohen Absatz um und gleitet ins Auto zurück. Sie drückt das Gaspedal durch und hinterlässt uns und den Bierstand in einer riesigen Staubwolke.

„Aha!", sage ich und gucke zum Mann rüber. Dem Mann steht immer noch der Mund offen.

„Man konnte die sehen ...", sagt der Mann.

„Was konnte man sehen?"

„Die Brustwarzen ... Durch einen Lederoverall!"

Wir trinken schweigend die Limos leer. Ich krame eine Packung Kaugummi gegen Reiseübelkeit aus dem Wolkenköfferchen und stopfe mir fünf in den Mund. Alles klar.

„Planänderung!", sage ich.
„Inwiefern?", fragt der Mann.
„Insofern, dass wir jetzt mal ein bisschen Strecke machen."
Der Mann sieht mich skeptisch an.
„Doch!"
Wir klemmen uns wieder in unsere Sitzschalen. Die Gurte zurren wir auf Kampfmodus. Der Helm samt Kopf wird mir vom Mann mit reichlich Gaffer-Tape am Sitz fixiert. Das löst gleich zwei Probleme: Mein Kopf fliegt nicht mehr unkontrolliert durchs Auto. Und ich kann durch das verklebte Visier nichts mehr sehen. Der Mann fährt jetzt auf Sicht. Vermutlich auch ein bisschen auf Glück. Ich weiß nicht. Ich seh ja nix. Aber es fühlt sich so an, als kämen wir gut voran.
Wir fahren über die Ziellinie der Wertungsprüfung drei.
„Ergebnis? Ergebnis?", brülle ich.
Der Mann studiert die Anzeigentafel: „Drittschnellste Zeit!", stellt er zufrieden fest.
Ich schreie ihn aus dem Dunkel des Helms an: „Was soll das? Ist das ein Rennen oder holst du die Oma vom NETTO ab? Halt mal ein bisschen drauf jetzt!"
Jetzt ist der Mann böse: „Okay. Kannst du haben." Wir sprechen die nächste Wertungsprüfung durch. Der Mann liest vor: „Auf zehn anspruchsvollen Kilometern steht dabei unter anderem die berühmt-berüchtigte Sprungkuppe ‚Gina' im Aufschrieb."
„Was bedeutet Sprungkuppe?", will ich wissen.
„Na ja, dass man sich eben einen gewissen Teil der Strecke in der Luft aufhält."
„Haben wir Turbo Boost?", frage ich.
„Was ist das?", will der Mann wissen.
„*Knight Rider*. Der Knopf, den man drücken muss, damit das Auto fliegt."
„Ja!", sagt der Mann. „Serienausstattung. Drück ich dann."

„Okay. Aber ich muss erst noch Pipi. Wegen der Limo."

Auf dem Weg zum Start sehen wir, dass die Ledernippelfrau an dieser Wertungsprüfung leider nicht teilnimmt. Irgendjemand muss ihr zwei Reifen zerstochen haben. Wie unsportlich.

„Was du alles in deinem Wolkenköfferchen hast ...", sagt der Mann.

„Mädchen der Neunziger. Da gehört ein Eispickel zur Grundausstattung."

Der Mann versteht nicht.

„*Basic Instinct*. Sharon Stone. Eispickel."

Ich höre immer noch keinen Groschen fallen.

„Verhörszene. Vergessenes Kleidungsstück!"

Der Mann ist sofort im Bild: „Ach *der* Film. Was war denn da mit Eispickeln?"

Wir knallen gerade mit einhundertfünfzig Sachen durch einen Weinberg. Der Opel jault. Es ist heiß. Sehr heiß. Im Auto läuft Rammstein. Laut. Sehr laut. Über die Gegensprechanlage unterhalten wir uns über *Basic Instinct*. Immer wieder zerren tonnenschwere Gewichte an mir. Ich kann die Strecke fühlen. Sehr deutlich.

Der Mann sagt: „Walter sagt, gute Fahrer haben die Fliegenreste auf den Seitenscheiben." Und reißt an der Handbremse.

„Ich hatte schon mal welche auf der Rückscheibe!", sage ich und schiebe mir einen weiteren Reiseübelkeitskaugummi unter den Helm.

„Im Ernst? Die sind dir hintendrauf geknallt? Während der Fahrt?"

Versuche zu nicken. Aber es geht nicht.

Wir werden langsamer. Die Wertungsprüfung ist zu Ende. Der Mann hält beim Rennkommissar an.

„Wo geht's als Nächstes lang, Meister?"

„Gleiche Strecke. Die WP4 wird zweimal durchfahren."

„Neeeee, da sind wir schon zweimal durch", lügt der Mann. „Für noch mal reicht der Sprit nicht!"

„Ach so", sagt der Kommissar. „Dann seid ihr schon die ersten aus der zweiten Runde!"

„Na klar!", rufe ich dazwischen. „Einfach zu merken: Wo wir sind, ist immer vorne!"

Wir haben das Feld aufgerollt. Von ganz hinten nach ganz vorne.

Die Rennleitung teilt uns allerdings mit, dass wir disqualifiziert wurden und von der weiteren Teilnahme ausgeschlossen sind. Aha. Die Entscheidung trifft uns nicht sonderlich. Der Mann und der Kadett sind sowieso müde. Und haben Hunger. Mein Genick und meine Wirbelsäule sind vermutlich mehrfach gebrochen und nur notdürftig mit Gaffer getaped. Außerdem ist mir schlecht von den Kaugummis. Genug Rallye fürs Erste. Im Nachbarort soll's einen guten Perser geben.

SCHINKENBROTE OHNE GÜRKCHEN

Ich denke, ich werde ein Buch schreiben. Es heißt ‚Die Hunde von Scopello'. Und es ist die Geschichte von Margret. Einer Frau um die fünfzig, die zu einer Reise nach Italien und zu sich selbst aufbricht." Ich schaue den Mann erwartungsvoll an. „Das Ganze im Stil eines klassischen Entwicklungsromans, weißt du?"

Der Mann lächelt mich an: „Ja, Engelchen, mach das. Ich werde dann allerdings auch ein Buch schreiben. Einen Psycho-Horror-Thriller. Es geht um ein deutsches Ehepaar, das ein sehr einsames Ferienhaus auf Sizilien gemietet hat. Von Beginn an liegt so eine undefinierbare Gefahr in der Luft. Ganz klassisch, weißt du? Und dann geht's ganz schnell. Drei Männer brechen bei ihnen ein. Töten ihn und misshandeln die Frau über Tage. Auf bestialische Art und Weise. Sie kann halbtot entkommen, wird aber von ihren Peinigern ..."

„Du Arsch!"

Der Mann und ich sitzen auf der Terrasse unseres sehr einsam gelegenen Ferienhauses, das wir auf Sizilien gemietet haben. Es ist stockfinster. Nur eine kleine Kerze flackert auf unserem Tischchen. Immer wieder durchdringen unbekannte Geräusche die Stille.

„Das wär jetzt echt nicht nötig gewesen", sage ich. „Jetzt hab' ich Schiss."

„Ich auch", sagt der Mann. „Vor Margret. Besser, wir lassen das mit den Büchern."

Schade, denke ich. Ich hatte schon so einen schönen Absatz

über den dienstältesten Streuner am Marktplatz. Beppo. In jungen Jahren war er Thunfischjäger. Er war in ganz Italien bekannt als der einzige Hund, der diese Kunst beherrschte. Heute lebt er von den Almosen, die ihm Touristen von ihren vollen Tellern zuwerfen ...

„Wenn ich ehrlich bin", unterbricht der Mann meine Gedanken, „kam mir das Haus sofort bekannt vor. Gleich, als wir die Einfahrt hochgefahren sind."

„Lass das!", sage ich.

„Ich glaub, das hat mal bei *XY ungelöst* ... eine Rolle gespielt. Damals, als der Eduard Zimmermann das noch gemacht hat."

„Mir reicht's. Ich geh schlafen!"

Der Mann grinst: „Alleine? In DAS Haus?"

Bereits während der Vorbereitung unseres Italien-Trips musste ich sämtliche verfügbaren Mafia-Kalauer über mich ergehen lassen. Auch eine zweite Message des Mannes war bei mir angekommen – spätestens, als er die ihm zustehenden zwanzig Kilo Fluggepäck auf zwei 10-Liter-Kanister AUTAN aufteilte. Und verdammt: Er sollte recht behalten. Bereits an der Gepäckausgabe des Flughafens Palermo hatte der Mann über dreißig Mückenstiche eingesteckt. Aber wir hatten Glück: Die Carabinieri konnten Englisch und die Situation konnte friedlich geklärt werden. Trotzdem, es bringt einfach Unruhe auf einen Flughafen, wenn sich ein Mann mit einem Kanister Flüssigkeit übergießt. Selbst wenn's Autan ist. Und selbst wenn er mir sein Feuerzeug nur geben wollte, damit's nicht nass wird.

Dass wir die Unterkunft offensichtlich direkt bei der Immobilienabteilung der Cosa Nostra gemietet hatten, wurde klar, als die gar nicht mal so freundliche Vermieterin unsere komplette Urlaubskasse für diverse zweifelhafte, vor Ort bar zu zahlende Neben-, Sonder- und Zwischengebühren beschlagnahmte.

„Die weibliche Form von Mafioso, ist das Mafiosa?", fragte der Mann leicht aggressiv. Jetzt lächelte Signora Camorra erstmals und zog uns pronto noch 500 Euro Kaution für irgendwas ab.

Der Mann rechnete auf seinem Handy: „Ganz ehrlich? Zusammen mit dem, was wir schon aus Deutschland über wiesen haben, hätten wir hier auch neu bauen können."

Ich war nicht bereit, mir mein Italien von Mann, Mücken und Mafiosi versauen zu lassen. Deshalb legten wir sofort los mit la dolce vita.

Die besten *Panini al prosciutto* gibt es laut Reiseführer in einem kleinen verschlafenen Dorf am Hang eines malerischen Gebirgszugs, etwa eine halbe Tagesreise von unserem Urlaubsort entfernt. Wir sitzen vor der urigen Trattoria unter einem schattigen Olivenbaum auf schmuddeligen Plastikstühlchen. Der Mann schaut traurig auf seinen Teller: „Aber das ist bloß ein Schinkenbrot. Ohne Gürkchen! Ohne irgendwas. Es ist ein zähes Schinkenbrot. Sonst nix."

„Ja", sage ich genießerisch. „Aber es ist der beste Schinken Italiens. Wahrscheinlich sogar der beste Schinken auf der ganzen Welt."

Der Mann verdreht die Augen. Er schwitzt stark, da er einen Neoprenanzug trägt. Dazu Wollsocken und Einweghandschuhe. Die Übergänge hat er mit Gaffer verklebt. Wenn wir nicht am Strand sind, trägt er ein T-Shirt darüber. Damit er nicht so auffällt, wie er sagt.

Immerhin: Die Anzahl der neuen Stiche ist, seit er den Anzug trägt, rapide gesunken.

„Vielleicht schreibe ich aber auch über ein kleines Mädchen. Emilia. Sie ist als Baby in einem winzigen italienischen Dorf ausgesetzt worden. Seitdem kümmern sich alle Dorfbewohner rührend um sie. Und es zeigt sich mehr und mehr, dass sie es ist, die das Dorf in seiner Ursprünglichkeit zusammenhält. Und dann ..."

„Und dann", steigt der Mann ein, „schreib ich eben über ein kleines Bergdorf, in dem der beste Schinken der Welt gemacht wird."

„Halt die Klappe!", sage ich.

„Ein Reporter möchte eine Story über das Dorf und den Schinken schreiben und stößt dabei auf ein schreckliches Geheimnis und die tiefsten menschlichen Abgründe."

„Ich kann dich nicht hööören!", rufe ich und halte mir beide Ohren zu.

„Es stellt sich nämlich heraus, dass die Dorfbewohner von Waisenhäusern aus ganz Italien beliefert werden und ihren legendären Schinken aus ..."

„Du bist so eklig!" Ich schmeiße das zähe Schinkenbrot auf den Pappteller.

Der Mann grinst: „Isst du das noch? Oder hebst du das für Emilia auf?"

Ich schweige und beschließe, den Mann bei Europcar zu melden. Wegen der Schlaglöcher. Und wie er absichtlich immer volle Pulle drüberknallt. Anonym. Ich werd' ihn anonym melden.

Der Mann pult den Schinken aus dem Pane. Ich schaue ihn fragend an. „Den nehm' ich mit", sagt der Mann und fummelt den Schinken in einen seiner Einweghandschuhe. „Schick ich zum DNA-Test."

Ich lasse mich nicht unterkriegen. Italien muss man einfach lieben. Es ist so inspirierend. Die Landschaften. Die Menschen. Die Wertschätzung der einfachen Dinge. Die Sprache. „Auf Italienisch klingt alles gleich viel schöner. Viel romantischer. Es fühlt sich richtiger an", schwärme ich dem Mann vor.

„Ja. Muscheln heißen auf Italienisch *cozze*. Vielleicht ist das nicht romantischer, aber in jedem Fall richtiger." Der Mann ist prächtiger Laune. Nach der geglückten Konstruktion seines Mückenabwehr-Anzugs geht er jetzt zum

Gegenangriff über. War ja klar, dass er die Sache persönlich nehmen würde. Den Baustrahler hat er im Schuppen des Ferienhauses gefunden. Nach Einbruch der Dunkelheit strahlt er damit einen Teil unserer Hauswand an. Innerhalb weniger Minuten hat sich an der Wand alles eingefunden, was fliegen kann und sich im weitesten Sinne zu den Insekten zählt.

Der Mann sitzt auf einem Stuhl. Etwa eineinhalb Meter vor der Wand. Er hat einen Basketball.

TOCK. TOCK. TOCK. – Es ist eine Hinrichtung. – TOCK. TOCK. TOCK.

Am nächsten Tag sitzen wir wieder im Auto. Ich dirigiere den Mann in die Via della Guidecca. Eine original erhaltene Römerstraße, die vermutlich Cäsar persönlich anlegen ließ. Es rumpelt ziemlich.

„Cäsar, klar. Den haben sie hier ja auch in der Sänfte getragen. Dafür hat's gereicht", mault der Mann.

Auf die Straße passt kaum *ein* Auto. Trotzdem gibt es Gegenverkehr. Trotzdem fährt hier jeder sechzig. Trotzdem bedrängt uns ein Alfa Romeo und versucht wild hupend zu überholen. Normal. Der Mann beschleunigt und zwingt Gegenverkehr und Alfa zur Vollbremsung. Wir bremsen mit und der Mann brüllt durchs Seitenfenster: „Die Spaghetti deiner Mama schmecken scheiße!"

Schön, wie er sich hier akklimatisiert hat, denke ich, und habe plötzlich eine Bestseller-Idee: „*È tornato!* Weißt du? So wie dieses Buch mit Hitler in der Jetzt-Zeit, wenn er wieder da wär'. Nur halt mit Cäsar. Und in Italien natürlich. Also: Cäsar steht da mit seinem roten Umhang und dem grünen Kränzchen und versucht in Palermo über einen Zebrastreifen zu gehen."

„Gar nicht übel", staunt der Mann. „Vielleicht so in der Art von: Er trifft Napoleon und eine Handvoll Wikinger. Gemeinsam wollen sie Europa zurückerobern, scheitern aber an den

EU-Richtlinien und organisieren stattdessen vom Sherwood Forest aus eine völlig neue Bewegung, die sie ‚Brexit' nennen?"

„Du kannst es auch einfach sagen, wenn du die Idee scheiße findest …", sage ich.

„Nee, passt schon. Aber lass uns jetzt mal auf 'nen Cappuccino", sagt der Mann. „Und vielleicht was Süßes. Originale Calorie Siziliana."

Wir halten an einer traditionellen Bar/Café/Lotto-Toto/Zigaretten/Badelatschen-Bude und bestellen Berge von Mandel-, Pistazien- und Piniengebäck. Und ricottagefüllte Cannoli. Und natürlich Gelato.

„Hmmmm … probier' mal!" Ich halte dem Mann einen Löffel von meinem Pistazieneis hin. „Hast du schon jemals so ein phantastisches Eis gegessen?"

Der Mann probiert. Überlegt. Dann ist er sich sicher: „Ja. In Trier." Seinen Taucheranzug hat er mittlerweile abgelegt. Braucht er nicht mehr, sagt er. Er habe sich mit dem Basketball Respekt verschafft.

„Und wenn wir zusammen ein Buch schreiben?" Ich blinzle den Mann an.

„Ja. Einen Fotoband. Zum Beispiel über Süßkram aus Italien. *I Dolci Siciliani.*" Der Mann fuchtelt pseudo-italienisch mit den Händen vor seinem Gesicht.

„Cool. Aber hätten wir dafür nicht ein bisschen fotografieren sollen in den letzten zwei Wochen?"

„Ach was", sagt der Mann und bestellt sich einen weiteren Cappuccino. „Wir bringen es erst mal als Hörbuch raus. Das hat noch keiner gemacht. Und wenn das gut läuft, kommen wir auf Verlagskosten noch mal her und machen die Bilder."

Ich tunke einen Mandelkeks in Marsala.

„Oder wir kaufen die in so 'ner Bilddatenbank im Internet", sage ich.

„Genau, Engelchen", strahlt der Mann.

BÜGEL-BEN

6:35 Uhr. Der Kaffeemaschinen-Wecker ist mal wieder Erster. In das Röcheln des aufbrühenden Kaffees knallt die Musik-Playlist „Another fucking day“ vom iPad des Mannes. Verstärkt von der Stereoanlage im Wohnzimmer. So laut, dass man es auch im Schlafzimmer noch gut hören kann. Und zwar in jedem Schlafzimmer unserer Straße.

Im Flur beginnt VR300 seine Runden zu drehen. Der Saugroboter ist ein älteres Modell von Ebay. Leider noch ohne Zeitsteuerung. Der Mann sperrt ihn deshalb abends in die Besenkammer, wo er die ganze Nacht hin und her fährt. Auf 0,5 Quadratmetern. Morgens öffnet dann ein Zeitschloss die Tür zur Besenkammer und VR300 hat endlich freie Fahrt.

Angelockt vom permanenten Gerumpel aus der Kammer hat die Katze die ganze Nacht vor der Besenkammer auf der Lauer gelegen. Sobald sich die Tür öffnet und VR300 rausschießt, flüchtet sie unter wildem Geschrei in unser Bett. Kurz danach kommt auch VR300 angesaugt, denn die Programmierung des Vorbesitzers führt ihn immer zuerst ins Schlafzimmer. Oder er folgt der Katze. Wir wissen es nicht. Jedenfalls donnert er immer in voller Fahrt gegen meinen Nachttisch. Die Katze flüchtet dann durchs offene Fenster aufs Dach. Da wartet sie, bis VR300 der Akku ausgeht.

Währenddessen beginnt die Badewanne, sich volllaufen zu lassen. Niemand von uns badet morgens, aber wir haben das Passwort für die Bade-App verzottelt. Ich muss mich beeilen, wenn ich jetzt noch duschen will. Das warme Wasser reicht nicht für Baden UND Duschen.

Das Sprachmodul im Badspiegel schimpft mit mir auf Norwegisch. Vermutlich. Ich verstehe jedenfalls nichts. Aber ich kann mir schon denken, worum es geht. Der Spender mit dem voreingestellten Zusatz „Kokos-Mandelblüten-Schaumbad“ ist leer. Schon seit Wochen. Etwa genauso lange überträgt der Badcomputer auch die Al-Jazeera-Nachrichten auf den Spiegel. Ich weiß nicht mehr, wie ich aussehe. Aber der arabische News-Anchorman hat die Haare schön. Wir müssen dringend Karsten bitten, unser Bad neu zu programmieren.

VR300 rumpelt ins Bad. Er fährt zuerst die Klobürste um, schäkert kurz mit der Personenwaage und beginnt dann die Dusche zu saugen. Mir reichts. Ich fange den gestörten Roboter und versenke ihn in der Wanne. Kurz versucht er das Wasser aufzusaugen. Dann blinkt er hektisch. Dann ist Ruhe.

Ich wickle mich in ein Handtuch ein und stelle mich vor den Spiegel. Das gebietet die Höflichkeit anderen Kulturen gegenüber. Auch im eigenen Badezimmer. Ich gebe dem Al-Jazeera-Mann zu verstehen, dass er nichts gesehen hat. Sonst Sicherung raus. Er nickt.

7:45 Uhr. Ich verlasse das Haus. Der Mann schläft noch. Vom Wohnzimmerfenster aus winkt mir Ben zu. Er ist hell erleuchtet und tanzt zu TNT von AC/DC. Die ganze Straße kann ihn sehen. Ben, das Symbol meines Versagens als Frau. Ich zeige ihm den Stinkefinger und fahre zu meiner Mama. Dort gibt es analoges Frühstück. Ich liebe es.

Ben ist drei Tage, nachdem ich damals aufgeflogen bin, bei uns eingezogen. Der Mann hatte zunächst Interesse an Hannes gezeigt. Mit Ben konnte er sich aber eher was Langfristiges vorstellen. Vielleicht war es aber auch eine Preisfrage.

Ich hatte dem Mann jahrelang was vorgemacht. Und Mama hatte mich dabei unterstützt. Vor ein paar Wochen ließ sie mich dann einfach hängen: „Kind. Ich bin 83. Ich kann das nicht mehr.“

„Das kannst du nicht machen, Mama!“

Sie drückt mir den Wäschekorb in den Arm. „Doch. Sag dem Mann die Wahrheit“, sagt sie. „Oder lern selber bügeln.“

Ja, wenn das so einfach wäre. Eine Falte raus, drei neue drin. Bügelst du die Rückseite, ist die Vorderseite wieder grumpelig. Ärmel? Das verstehe ich nicht mal theoretisch. Ich kann mir auch unmöglich einen Tag Urlaub nehmen für ein schlecht gebügeltes Hemd. Ich hätte dem Mann einfach sagen sollen: „Hör zu, wir haben das Jahr Zweitausendirgendwas, selbst bügelt der Mann.“ Aber dann hätte der Mann gesagt: „Hör zu, wir haben das Jahr Zweitausendirgendwas, wenn hier einer bügelt, dann Ben.“ Und so kam es dann ja auch.

Bügelrevolution.de verspricht, dass Bügelpuppe Ben bügelt und man selbst Pause hat. Das mit der Pause an sich gefällt dem Mann schon gut. Drumherum muss da gar nicht mehr viel passieren. Außerdem schneller Versand durch DHL. Das stimmt schon mal.

Als der Paketmann uns den sperrigen Karton in den Flur wuchtet, erkläre ich ihm ungefragt: „Das ist eine lebensgroße aufblasbare Puppe. Für den Mann. Ein Kerl. Ben heißt der. Doch!“

Ben ist allerdings nur ein halber Mann. Untenrum alles weg. Oben fehlen Kopf und Hände. Eigentlich ist es ein Bügel-Rumpf. Man zieht ihm ein noch feuchtes Hemd an. Dann plustert Ben sich mit heißer Luft auf und tanzt das Hemd knitterfrei.

Ich kann Bügel-Ben nicht leiden. Der Mann macht aber ein Riesen-Geschiss um ihn. Ben hier, Ben da. Ben hat nicht genug Platz. Ben mag indirektes Licht. Ben möchte beim Bügeln *Tatort* sehen. Ben bügelt nur unifarbene Hemden. Ohne Brusttasche. Ben hätte mal wieder Lust auf Steak und Bier.

Wenn der Mann Ben ein Hemd übergezogen hat, grinst er zu mir rüber und sagt: „Wenn man ihn anmacht, bedankt er sich mit einem Blow-Job." Ben zieht Luft und plustert sich auf. Ich finde das nicht witzig.

Neuerdings trinken sie jetzt abends Gin Tonic zusammen. Und gucken dabei Quentin-Tarantino-Filme. Oder sie machen italienischen Abend. Nur Pizza und Grappa. Versoffene Bügel-Bande.

Mein Versuch, Ben nach getaner Arbeit zusammenzufalten und zu VR300 in die Besenkammer zu sperren, ruft beim Mann Empörung hervor: „Hab ich das jemals mit dir gemacht? Als du hier noch gebügelt hast? Nein!" Ausgehend davon, dass ich ihn jahrelang mit meiner Mutter betrogen habe, wittert der Mann eine weit über das Bügelbrett hinausgehende Affäre. Die Folgen sind: Saug- und Putzroboter. Kaffeevollautomat mit Weckfunktion. Das volldigitale Bad. Der intelligente Kühlschrank. Und natürlich der Thermomix. Letzteres nur für den Fall, dass Lieferando mal Betriebsferien macht. Der Mann hat sich abgesichert. Er möchte keine weiteren Überraschungen erleben.

Ich kann in den Blicken der Leute auf der Straße sehen, was sie von mir halten. Ich bin dem Mann keine gute Frau. Man muss sich wirklich nicht wundern, wenn er eines Tages mit einem Bügel-Ben durchbrennt.

18:30 Uhr. Ich komme nach Hause. Im Wohnzimmer läuft Ben auf Hochbetrieb. Er ist so heiß, dass er schon leicht schwitzt. Mit seinen Armen hält er VR300 fest umschlungen und wiegt sich zu Eric Claptons ‚Tears in Heaven'. Vermutlich aus der Playlist ‚Lost Love'. Der Mann sitzt daneben und wischt immer wieder die kleinen Pfützen auf, die aus VR300 tropfen. Alle drei sehen mich vorwurfsvoll an.

Ich sage: „Also für mich sah es nach Selbstmord aus." Dann hau ich ab. Im Schlafzimmer verbarrikadiere ich mich erst mal. Die Katze kommt maulend durchs Fenster und legt sich zu mir aufs Bett. Eventuell kann ich noch den norwegischen Seifenspender auf meine Seite ziehen. Wenn Kaffeemaschine und Al-Jazeera Neutralität bewahren, wären wir dann drei gegen drei. Die Katze schläft zügig ein. Sie schnarcht laut. Ich fühle mich sehr einsam.

6:35 Uhr. Es ist sehr still im Haus. Irgendwie unheimlich. Ich rieche keinen Kaffee. Vorsichtig öffne ich die Schlafzimmertür und schleiche Richtung Küche. Die ganze Wohnung liegt im Halbdunkel. Ich versuche, das Küchenlicht einzuschalten. Nix. Der angeblich so intelligente Kühlschrank blinkt kleinlaut auf seinem Notakku. Wir haben keinen Strom.

Im Wohnzimmer liegt ein völlig erschlaffter Ben auf dem Boden. Seine luftleeren Arme umschlingen immer noch VR300. Ansonsten auch hier Stille.

Die Terrassentür steht offen. Ich sehe, dass der Mann am Gasgrill hantiert. Vorsichtig nähere ich mich.

„Ah, guck. Es gibt noch weitere Überlebende." Der Mann grinst schief. „Ich grille grad Kaffee. Soll ich Rührei dazu machen?"

„Na klar", sag ich. „Ich hol 'ne Pfanne."

6:45 Uhr. Wir frühstücken auf der Terrasse. Es ist ein bisschen kühl. Aber der Kaffee ist heiß.

„Schmeckt richtig scheiße!", sagt der Mann.

„Stimmt", sage ich. Und nehme noch einen kräftigen Schluck. „Wie geht's eigentlich VR300?"

„Er ist traurig", sagt der Mann, „weil das mit dem Seepferdchen nicht geklappt hat."

Ich muss lachen. „Und warum haben wir jetzt keinen Strom?"

„Ben hatte einen Heizkreislaufinfarkt. Denke ich. Weiß nicht. Hab geschlafen. Jedenfalls hat die ganze Straße keinen

Strom. Aber ich hab schon ein Stadtwerke-Auto gesehen. Der Frieden wird nicht lange halten."

Der Mann versucht den Kaffee mit sehr viel Milch und noch mehr Zucker zu retten.

„Wie viel Zeit haben wir noch?", frage ich.

„Schwer zu sagen. Höchstens noch 'ne Stunde."

Als wir ins Schlafzimmer kommen, tritt der Mann fest gegen den Nachttisch. Die Katze springt auf und flüchtet aufs Dach.

„Wollen wir nachher noch zusammen Al-Jazeera gucken?", flüstere ich dem Mann ins Ohr.

„Nee", sagt der Mann. „Du har ikke mer såpe!"

NORA TSCHIRNER UND BÖHMISCHE HÜHNCHEN

Ich koche sehr gerne. Nicht so oft. Aber gerne. Am liebsten zusammen mit Frau Barbara. Wir kochen schon über zwanzig Jahre zusammen. Und vor mir hat meine Mutter schon mit Frau Barbara gekocht. Und es war immer gut.

‚Das große Kochbuch unserer Zeit. Ein Küchenbrevier von Frau Barbara'. Mit einem Vorwort von Privatdozent Dr. D. Hölzl. Ich besitze die Erstauflage von 1963.

Das Buch sieht durchaus gebraucht aus. Die komplette Soßen-Farbpalette findet sich am und im Küchenbrevier wieder: von Weißwein-Weiß über Champignon-Creme-Ocker über Tomaten-Basilikum-Classico bis hin zu Starkbierbraten-Braun. Alles da. Natürlich haben auch einzelne Zutaten Spuren und Kleckse hinterlassen. Und natürlich Mazola: Das Buch schwimmt in einer dicken Schicht Keimöl.

Meine Mutter hat dieses Gebetbuch der modernen Küche der Sechzigerjahre schon von ihrer Mutter bekommen. Weil meine Mutter heiraten wollte. Aber nicht kochen konnte. Ich habe es dann von meiner Mutter bekommen. Weil ich ausgezogen bin. Und auf gar keinen Fall heiraten wollte.

Auf 587 Seiten gibt Frau Barbara klare Anweisungen, was es wann zu essen gibt. Die Gerichte sind nach Monaten sortiert. Zwar gibt es auch ein Schlagwortverzeichnis. Aber Frau Barbara sieht es nicht gerne, wenn man eigenmächtig irgendwas quer durchs Jahr brutzelt.

Ganz am Anfang unserer Beziehung haben die Frau und ich mal zusammen gekocht. Weil man das eben so macht.

Das lief so mittel. Es basierte auf Experimentierfreude und Lebensmitteltoleranz. Beides vorgetäuscht. Um dem anderen zu gefallen.

Es sollte damals Spaghetti mit einer Hackfleischsoße geben. Der Klassiker.

Die Frau hatte das Rezept dazu im Kopf. Ich auf Seite 285.

„Oje, Engelchen. Das ist ja ein Rezept für Oktober. Ist aber nicht so schlimm, oder?“

Fand die Frau auch. Außerdem fand sie, dass man auf Mondamin verzichten könnte. Das fand ich nicht. Aber ich war jung und die Vorstellung, sich Frau Barbara zu widersetzen, hatte etwas Rebellisches.

Die Frau wiederum fand es irgendwie aufregend, dass man aus Mehl und Wasser Nudeln machen kann. Ich weiß nicht genau, wie sie sich die Sache bisher erklärt hatte: Riesige Pasta-Plantagen in der Toskana? Rund um Mirácoli? Oder eine Nudelzucht im Oldenburgischen? Tausende Pasta-Tiere hocken in ihren Nudelnestern und legen Fussilis? Egal.

Die Frau stellte zeitnah strenge Regeln auf. Zum Beispiel: Nicht alle Gewürze, alle Lebensmittel, alle Töpfe und Pfannen, die verfügbar sind, werden auch benutzt. Mit schwer zu reinigenden, mehrteiligen, technischen Hilfsmitteln gehen wir sparsam um. Für die Zubereitung einer einzelnen Mahlzeit dürfen nicht mehr Stunden als Gänge multipliziert mit zwei aufgewendet werden. Inklusive Einkauf. Ach ja: Und Mondamin findet gar nicht statt.

Den Umgang mit Frau Barbara hatte sie mir zwar nie direkt untersagt. Aber es war klar, dass es immer nur eine Frau in der Küche geben kann.

Bereits vor einigen Tagen habe ich mich unter den Septembergerichten umgeschaut und mich für ‚Gefülltes Huhn böhmischer Art, Selleriesalat und Sauerkirschcreme‘ entschieden.

Alle Gerichte basieren auf zwei gestrichenen Teelöffeln Mondamin und Mazola-Keimöl. Das hab ich immer da. Ich bewahre es seit einigen Jahren neben dem Küchenbrevier auf dem Geschirrschrank auf. Die Frau ist eher klein. Der Geschirrschrank eher nicht.

Alle anderen Zutaten habe ich exakt nach der vorgegebenen Einkaufsliste besorgt. Das hat seine Zeit gebraucht. Nach der Regel der Frau bleiben mir jetzt noch zwei Stunden. Das bedeutet, ich müsste Kochen und Essen streichen und direkt mit Aufräumen und Spülen beginnen. Ich könnte noch ein Glas eingelegte Oliven als Vorspeise deklarieren. Damit würde ich noch zwei Stunden rausschlagen.

„Boah, bitte nicht schon wieder!“ Die Frau steht urplötzlich in der Küche und fixiert angewidert das Küchenbrevier: „Wenn ich das verglibberte, ranzige Drecksteil da nur schon sehe.“ Die Frau schaut mich kampflustig an: „Na, was gibt's? Entenbrust an Trauben-Cassis-Sauce? Mit Mondamin-Rhabarber-Kompott? Ach nee. Wahrscheinlich falscher Monat.“ Die Frau inspiziert Herd und Ofen. „Sehr weit bist du ja noch nicht. Ich nehme an, wir essen dann so gegen Mitternacht.“

„Engelchen. Frau Barbara mag es gar nicht, wenn man in der Küche hetzt. Wollte grade anfangen. Zutaten sind schon alle da.“

„Du hast noch nicht angefangen? Und die Küche ist schon ein einziges Schlachtfeld? Vier Schüsseln, den Mixer, das Rührgerät, den Milchaufschäumer, einen Topf und Besteck für zwölf Personen hast du schon durch. Wozu?“ Ich trinke den Mocca-Flip von Seite 158 auf ex.

Die Frau liest das Rezept: „Ein fleischiges Huhn?“

Ich wende mich an das nackige Hühnchen auf der Anrichte: „Das meint sie nicht so. Du bist genau richtig, so wie du bist.“

Sie sieht die Zutaten der Füllung. „Leber, Magen, Herz,

fetter Speck. Wozu nimmst du das Huhn aus, um das ganze Zeug dann wieder reinzustopfen? Das ist eklig."

„Es ist mehr eine Organtransplantation. Verstehst du? An der Fleischtheke hat sich ein Spenderkalb aufgetan. Dem Hühnchen wird es bald wieder besser gehen."

Die Frau muss lachen. Dann ist sie böse. Weil sie lachen musste. Sie wird sich eine Pizza bestellen. Und morgen früh muss die Küche aussehen wie im Showroom vom Möbelparadies. Ich werde bis ein Uhr kochen, dann essen und dann bis zum Frühstück putzen. Alternativ könnte ich mich auch mit dem Hühnchen nach Australien absetzen.

Ich werde mich später entscheiden. Jetzt werde ich es baden, abtrocknen und mit Salz einreiben. Und dann fülle ich es mit Mondamin. Winner-Winner-Chicken-Dinner.

Paare, die getrennte Schlafzimmer haben, haben absolut recht. Ist einfach praktisch. Man kann diverse motorisch-neurologische Störungsbilder ausleben. Und es ist bestimmt sehr aufregend, wenn man dann mal beim anderen übernachtet. Ohne Erlaubnis der Eltern womöglich. Oder nach Hause kommt und sich die „Zu-mir-oder-zu-dir-Frage" stellen kann. Das hat schon was. Immer noch. Da wird man nicht zu alt für.

Die Frau und ich werden uns sicherlich eines Tages auch den Luxus getrennter Schlafzimmer gönnen. Zunächst wäre aber wichtig: Getrennte Küchen.

Ich hatte mich gegen Australien entschieden. Allerdings auch gegen das Putzen. Das Hühnchen und ich haben die Nacht einfach im Bett verbracht.

Der Morgen danach ist für alle Beteiligten unschön. Die Frau macht eine fürchterliche Szene. Teils wegen Frau Barbara, teils wegen des Zustands der Küche, teils wegen Vorfällen aus 2013. Der Vormittag endet jedenfalls mit dem Satz: „Dann geh doch zu der Tschirner! Mal gucken, ob die sich das bieten lässt!"

Die Frau hat mir vor Jahren mal die Frage gestellt, von welcher Schauspielerin sie gespielt werden sollte, falls unser Leben verfilmt würde. Damals wie heute eine eher mäßig drängende Frage. Und ich hab sie auch prompt unterschätzt. Ich habe einfach naiv die Rolle der Frau mit Nora Tschirner besetzt. Nicht gut.

Seitdem muss ich mir auch schnippische Bemerkungen gefallen lassen, wenn im Radio ein Song von Lena Meyer-Landrut läuft. Die kannte ich gar nicht. Aber die Frau sagt, wer die Tschirner geil findet, steht auch auf die Meyer-Landrut. Das sei dasselbe. Punkt.

Wer mich spielen soll, ist bis heute offen. Gelegentlich, zum Beispiel, wenn ich mir gerade eine Puddingschnecke gekauft habe, sagt die Frau, dass es dann wohl der Calli machen muss. Ich fänd' Jason Statham gut.

Ich werde heute Nachmittag putzen. Wenn die Frau vom Joggen heimkommt, ist alles wieder tipptopp. Muss es auch. Unbedingt. Denn heute Abend kommt ein Weimar-Tatort.

Gerne hätte ich noch Frau Barbaras legendären Bienenstich gebacken. Aber dazu reicht die Kondition der Frau noch nicht. Wenn sie mal Marathon hin- und zurückläuft, ergibt sich vielleicht ein Zeitfenster, groß genug für Bienenstich.

Die Frau kocht heute das Abendessen.

Ratatouille mit Reis und Schafskäse. Die Variante ohne Mazola. Sie spült schon, während sie kocht. Gemüseabfälle kommen sofort in die Biotonne. Gewürze nimmt sie direkt aus dem Schrank und stellt sie auch wieder zurück. Wenn sie kleckert, wischt sie es weg. Sie ist schnell.

Um 18 Uhr steht alles auf dem Tisch und die Küche ist sauber. Ich bewundere das. Aber richtig kochen ist das nicht.

ZWANZIG

Es ist weg. Gerade eben war es noch da. Auf der Anrichte zwischen den Bananen und den Äpfeln. Wie ein Ausrufezeichen steckte es mittig in der Obstschale. Das Balisto. Ein orangenes. Die Königin unter den Schokoriegeln. Und seit wir dieses Healthy-Food-Ding am Laufen haben, auch die absolut einzige Süßigkeit im Haus.

Jetzt ist es weg. Und der Kreis der Verdächtigen ist übersichtlich.

„Wo ist es?", rufe ich in Richtung Couch.

Der Mann schaut sehr traurig. Und sehr schuldig. „Tut mir leid!", murmelt er mit hängendem Kopf.

„Du hast es gegessen? An meinem Geburtstag? Das ist so ... so schäbig!"

„Ich weiß, Engelchen. Es war ein Reflex. Ich habe nach einem Apfel gegriffen. Und als ich den Fehler bemerkt habe, hatte ich es schon im Mund ..."

Das Schlimme ist, dass es sich vermutlich genau so zugetragen hat. Er geht ja auch Paprika kaufen und wenn er zurückkommt, sind auch Puddingschnecken in der Einkaufstasche. Das hat er gar nicht mitbekommen. Das Häuflein Elend von Mann schleicht Richtung Tür. Er zieht ein tonnenschweres Gewissen hinter sich her. Er wird mir ein neues Balisto besorgen. Natürlich weiß ich, dass der Mini-Markt um die Ecke diese Riegel nicht einzeln verkauft. Nur im Zehnerpack. Natürlich weiß der Mann, dass ich zehn Balisto in einem gesunden Haushalt nicht dulde. Er wird also auf den zwanzig Metern Fußweg neun essen müssen. Er weiß, dass ich es weiß.

Früher hatte ich öfter im Jahr Geburtstag. Schon als Kind. Nachdem ich herausgefunden hatte, dass man zum Beispiel in der Eisdiele eine Kugel umsonst bekommt, wenn man Geburtstag hat. Später dann bei Facebook, wenn ich einen miesen Tag hatte. Da stellt man dann einfach das Geburtsdatum um und bekommt am nächsten Tag ganz viele Glückwünsche. Kann man schon ein paar Mal machen, ohne aufzufallen. Seit geraumer Zeit beschränke ich mich aber auf einen Geburtstag pro Jahr und versuche dadurch den Alterungsprozess etwas aufzuhalten. Ein zwei- bis dreijähriger Geburtstagsturnus wäre eigentlich das Richtige für mich.

Der Mann und das Kind wären damit sicherlich einverstanden. Die Mama aber nicht. Also meine. Müttern kann man da nichts vormachen. Sie können sich an jedes Detail deiner Geburt erinnern und fordern auch ihr Recht ein, die Geschichte einmal im Jahr zu erzählen.

Da der Mann mich um mein Geburtstagsfrühstück geprellt hat, fahre ich zu Mama. Ich lausche bei Kaffee und Mandarinen-Schmand-Kuchen der altbekannten Geschichte:

Es war eine neblige Oktobernacht damals. Mama hatte Papa geweckt und gesagt: Es geht los. Das Mädchen kommt! Papa hat den brauen Opel Kadett aus der Garage geholt und ist zielsicher zum Elisabeth-Krankenhaus gefahren. Nebel und Straßenglätte konnten ihm nichts anhaben. Die Mission war klar.

Im Kreißsaal wurde es kurz hektisch, weil man sich nicht sicher war, ob das zarte Bündel, das ich war, es ohne weitere Hilfe auf die Welt schaffen würde. Der junge, gut aussehende Oberarzt aus den USA hat es schließlich mit Geschick und Einfühlungsvermögen doch geschafft. Und so lag ich dann da, eingewickelt in Moltontücher: 2900 Gramm, einen zarten Flaum Haare auf dem Köpfchen. Schon damals wie heute: Ein neugieriger Blick. Auch am ganz frühen Morgen.

Schnell war man sich sicher: Aus *diesem* Bündel Mensch würde mal Großes werden. Eine Künstlerin mindestens, wenn nicht sogar eine Politikerin. Oder eine Physikerin. Oder eine Sterne-Köchin. Wie recht sie behalten sollten ...

Meine Wahrheit ist immer die, die sich richtig anfühlt. Bedauerlicherweise fühlt sich meine Mutter dieser meiner Wahrheit nicht verpflichtet. Und so erzählt sie die Geschichte meiner Geburt auch in diesem Jahr so:

Und dein Vater hat sich so unmöglich verfahren, dass ich einfach ausgestiegen bin und mir ein Taxi genommen hab, um in die Klinik zu kommen. Der Arzt, der Dienst hatte, war so ein alter Wehrmachtsmetzger. Fürchterlicher Kerl. Der hat einfach gesagt: Die ist zu fett, die müssen wir rausschneiden. 4500 Gramm. Fast Fünf Kilo. So ein Brocken!

Sie macht dabei eine gar nicht niedliche Handbewegung.

Und den ganzen Kopf voll langer schwarzer Haare. Wie ein pummeliger Baby-Gorilla hast du ausgesehen.

Sie lacht.

Und als wir dich das erste Mal ins Wohnzimmer gebracht haben, hat der Schäferhund geweint ...

So ein Unsinn. Ich nehme noch ein Stück Schmand-Kuchen. Wir hatten gar keinen Schäferhund. Wir hatten ein rosa Einhorn. Doch!

Als ich nach Hause komme, sitzt der Mann in der Küche. Er sieht sehr abgekämpft aus.

„Es hat nicht so gut geklappt mit dem Balisto. Es ist weg!"

„Das weiß ich!", sage ich. „Aber du wolltest doch ein neues besorgen?"

„Auch weg ...! Weil du nicht da warst. Dabei hatte ich es extra in der Schreibtischschublade eingeschlossen. Und den Schlüssel hab ich in einen Umschlag gesteckt und von ‚General Overnight' abholen lassen. Sie bringen ihn dir morgen wieder."

„Na, das ist doch toll!“, sage ich. „Dann hab‘ ich ja was, auf das ich mich morgen freuen kann.“

„Leider nicht.“ Der Mann deutet in Richtung Flur. Die kleine Schublade am Sekretär ist aufgebrochen. Offensichtlich mit sehr roher Gewalt. Und wenig Geschick. Eigentlich ist es kein Sekretär mehr. Eher ein Haufen zersplittertes Altholz. Aus dem Haufen heraus leuchtet ein zerknülltes, orangenes Papierchen.

Ich schaue den Mann fragend an.

„Was sollte ich machen? Ich wusste doch, wo es ist!“, mault er kleinlaut.

Wir schweigen.

„Aber ich hab‘ für dich gekocht!“, sagt der Mann und öffnet die Tür zum Esszimmer.

Ich bin kurz sprachlos. Auf dem Tisch hat er vierunddreißig Kerzen verteilt. Mehr hat er sich offensichtlich nicht getraut. Aus den Weihnachtsservietten hat er etwas gefaltet. Es könnten Kamele sein.

„Das ist wirklich sehr, sehr schön!“, sage ich.

Der Mann strahlt. Dann schleppt er dampfende Teller an. Es riecht toll.

„Und alles ohne Koriander und den ganzen Scheiß, den du nicht leiden kannst!“, sagt er stolz.

„Echt? Nur Salz und Pfeffer und Paprika?“

„Echt!“, sagt der Mann.

Wir essen das Gulasch und sind ziemlich glücklich.

„Noch einen Espresso?“, fragt der Mann.

„Ja. Und was Süßes …“, sage ich.

„Ich kann nicht mehr!“, sagt der Mann.

Ich gucke ihn traurig an. Also zieht sich der Mann seine Jacke an und macht sich auf den Weg zum Mini-Markt. Zwanzig werden es am Ende des Tages sein. Aber ich hab‘ ja auch nur noch einmal im Jahr Geburtstag.

GANZ OBEN

Ich verarbeite im Schlaf. Alles. Meine Erlebnisse. Aber auch die von anderen. Und die von Bekannten von anderen. Sehr lebhaft. Sehr real. Sehr ausführlich. Doch!

Manchmal träume ich auch komplette Filme. Nicht die allerbesten. Keinesfalls die logischsten. Aber komplett. Ich neige wohl generell dazu, Dinge abschließen zu wollen. Ich hab's halt gern fertig. Vermutlich würde ich jede Nacht einen kompletten Film inklusive Abspann und Programmhinweis auf die nächste Nacht träumen, wenn ich ausschlafen könnte.

Mein letzter Filmtraum handelte vom Tod des Mannes. Aber es war kein Albtraum. Es war eine Doku, sehr sachlich. Die Story: Der Mann hat eine unheilbare, tödliche Erkrankung. Welche genau, wurde nicht verraten. Spielt ja auch letztendlich keine Rolle. Der Mann zeigt jedenfalls keinerlei Beeinträchtigungen und ist guter Dinge. Seine letzten Wochen und seine letzte Lebensenergie investiert er in das Projekt „Toter Mann auf dem Everest“. Okay. Natürlich hatte ich kurz zuvor einen Bericht im echten Fernsehen über die vielen Leichen gesehen, die mittlerweile auf dem Mount Everest herumliegen. Die Körper verwesen dort oben nicht. Sie sind tiefgefroren. Also haltbar. Man kann sie auch nicht dort wegbringen. Den Bergsteigern in der Todeszone fehlt dafür einfach die Kraft. Dort oben ist man froh, wenn man sich selbst retten kann. Da kann man sich nicht um andere kümmern. Um tote andere schon gar nicht.

Der Mann will also einer dieser gefrorenen Bergsteiger sein. Warum auch immer. In meinem Film stehe ich dem

Vorhaben wohlwollend gegenüber und unterstütze ihn, wo ich nur kann. Was mich im wachen Nachhinein fuchsteufelswild macht.

Natürlich möchte der Mann auf dem Gipfel sterben. Wo sonst. Sitzend. Mit Eisschrauben und Karabinerhaken gesichert. Für die Ewigkeit. Er hat sich eine Steintafel mitgebracht, die jetzt um seinen Hals hängt mit der Inschrift „Fuck you! We did it." Jeder, der nun den Mount Everest besteigt, muss als Ziel haben, den Mann zu besuchen, da er nun mal mittig auf dem Gipfel hockt.

Im Unterschied zu herkömmlich hergestellten Bergsteigerfilmen liegt der Schwerpunkt bei mir aber nicht auf den Vorbereitungen zur Expedition und dem beschwerlichen Aufstieg. Vielmehr geht es um die Besonderheiten der Grabpflege auf 8848 Metern Höhe. Ich sehe es als meine Aufgabe an, dafür zu sorgen, dass der Mann in der Öffentlichkeit vernünftig und komplett angezogen ist. So bin ich erzogen worden. Der raue Wind im Himalaya zerstört immer wieder Teile seiner Kleidung. Also fange ich im Basis-Camp regelmäßig Bergsteiger ab und gebe ihnen Jacken, Brillen, Handschuhe, Stiefel und so weiter mit, damit sie die kaputten Teile ersetzen können. Pro Saison verteile ich mindestens zwanzig komplette Ausrüstungen. Man weiß ja nicht, wer's bis zum Gipfel schafft.

Erstaunlicherweise ist seine Wollmütze mit dem Motörhead-Logo – ein Kleidungsstück, das er zu meinem Missfallen auch im echten Leben besitzt – auch nach mehreren Jahren auf dem Berg noch völlig in Ordnung.

Von den einheimischen Sherpas wird er verehrt. Nicht als Gottheit oder so. Mehr als Maskottchen. Sie sagen, solange der Motörhead-Mann nicht umkippt und einen Becher Mango-Lassi in der Hand hat, gibt es kein Unglück am Berg. Dies stimmt nachweislich nicht. Aber Glaube ist so eine Sache.

Jedenfalls sorgen sie auch dafür, dass der Mann nicht vom Schnee begraben wird. Und immer, wenn einer von ihnen gerade oben ist, schaufelt und fegt er ihn wieder frei und singt dabei spirituelle Lieder. Zudem werden in einem Ritual bunte Tücher an ihm befestigt und ihm allerlei Schmuckketten umgehängt. Soweit die Legende. Aber mein Traum deckt die Wahrheit auf: Anhand von Rechnungen der Vereinigung der Everest-Sherpas kann ich belegen, dass sie für diesen Humbug bezahlt werden. Und zwar von mir!

Das Kind hat nun einer Schweizer Seilschaft ein Satellitentelefon mitgegeben. Da es mit Solarstrom betrieben wird, können wir den Mann jetzt auch anrufen. Das Bild, dass sich dem Besucher auf dem Dach der Welt nun bietet, ist ein toter Mann, bunt geschmückt, dem in die linke Hand ein Satellitentelefon und in die rechte ein Mango-Lassi gefroren ist. Seither gehört es zum festen Bestandteil einer jeden erfolgreichen Gipfelbesteigung, sich per Telefon bei mir zu melden und Auskunft zu geben, wie es dem Mann heute geht. Und mit ihm anzustoßen. Dieses Motiv ist mittlerweile das meistverkaufte Mount-Everest-Souvenir.

Unter dem Suchbegriff „Summit" zeigen die ersten zwölfhundert Treffer bei Google den Mann. Zudem tragen junge Menschen in aller Welt T-Shirts mit der Aufschrift „Fuck you! We dit it." Das Kind hat sich frühzeitig sämtliche Rechte gesichert und betreibt ein florierendes Lizenzgeschäft mit dem gefrorenen Vater. Clever war auch der Schachzug, das Lassi gegen eine Dose Red Bull austauschen zu lassen und dafür entsprechendes Sponsorengeld zu kassieren. Zwar weiß ich, dass der Mann zu Lebzeiten kein Freund von Gummibärchenpipi war, wie er das Zeug nannte. Aber einer der hippen, gesponserten Extremsportler zu sein, gefällt ihm bestimmt gut. Jetzt ist er extrem tot. Und wird auf unabsehbare Zeit zur Weltspitze gehören.

Ich sitze in einer Propeller-Maschine einer fragwürdigen nepalesischen Chartergesellschaft. Wir sind von Kathmandu aus gestartet und befinden uns auf einem Rundflug, der uns auch beim Mann vorbeiführt. Bei gutem Wetter kann man ihn sehen. Bei ordentlich Wind sieht es so aus, als ob er mit der Red-Bull-Dose winkt. Es ist der Geburtstag des Mannes. Also eigentlich nicht. Aber das Filmteam, das mich begleitet, sagt, das sei egal. Würde man im Film nicht merken. Sie möchten meine Emotionen filmen, wenn mein toter Mann mir winkt. Er winkt nicht. Ich seh ihn nicht. Aber wo soll er sein? Abgestiegen auf 6000 Meter? Mal eine rauchen? Nee. Der ist schon da. Wir werden es morgen noch einmal probieren. Da hat er ja bestimmt auch Geburtstag.

Mir ist fürchterlich schlecht von dem Auf und Ab in dem Propellerding. Ich hab' Kopfschmerzen. Mein Puls rast. Ich bin wach. Okay. Ich schließe Dinge gerne ab. Vor allem im Traum. Aber mit diesem Tod wird man ja im Leben nicht fertig. Ich steh jetzt auf.

Als ich in die Küche komme, sitzt der Mann am Tisch und guckt in sein iPad. Ich ignoriere ihn. Das werd' ich noch eine Weile tun. Ich kenne ihn. Ich träum so was ja nicht einfach so.

Ich bin echt böse mit ihm. Natürlich kann ich Traum und Wirklichkeit sehr wohl unterscheiden. Aber in Wirklichkeit ist er eben genau der Typ, der mitten im Winter mit seiner Scheiß-Motörhead-Mütze mittig auf einem Berg hockt und sich null Gedanken macht, wie er da wieder runterkommt.

Der Mann schaut mich verständnislos an. Er versteht nicht. Natürlich nicht. Er ist ja schön tot. Aber ich hab' die ganze Arbeit.

EIFEL-THRILLER

Hast du mich noch lieb?", will der Mann wissen.

„Ja."

„Wie viel?" Der Mann zeigt mit Daumen und Zeigefinger eine wachsende Säule an.

„Stopp!", brülle ich. Bevor es ein großes L wird. „Wieder ein Stück zurück!"

„Aha. Na ja. Das muss dann wohl reichen", nuschelt der Mann.

Wir sind in der Eifel.

Ein besonderes Stück Land. Vulkanseen, endlose Wälder, zauberhafte Dörfer. Und viel grünes, weites Nichts. Ein Traum für Wanderer, Radfahrer, Naturentdecker und Menschen auf der Suche. Nach irgendwas. So wie wir.

„Hier gibt es ein sehr hübsch gemachtes Mineralwasser-Besucherzentrum", sagt der Mann.

„Ich will keinen Sprudel besuchen!"

Der Mann blättert weiter im Eifelfreizeitführer. „Abenteuerspielplatz?"

Wir haben ein Bilderbuch-Bauern-Ferienhäuschen bezogen. Und uns gleich nach Ankunft auf Erkundungstour durch Heyroth gemacht. So heißt das Dorf, in dem wir Urlaub machen. Angeblich wohnt hier auch der Rapper Thomas D. Getroffen haben wir ihn nicht. Sonst allerdings auch niemanden. Wir sind am Nachmittag zwei Runden durchs Dorf getappt. Am Abend noch mal. Und auch in der Nacht interessehalber noch zwei Ründchen. Niemand. Auch kein fahrendes Auto. Oder irgendetwas Fahrendes oder Gehendes oder Lebendes. Trotzdem sieht alles sehr bewohnt aus. Die Gärten sind gemacht. Kinderspielzeug liegt herum. Hier und da ist ein Licht an. Oder ein Schornstein qualmt. Fahrräder, Autos, Traktoren. Alles da. Nur keine Menschen. Wir haben das Gefühl, durch eine Filmkulisse zu laufen, während das ganze Drehteam Mittagspause macht.

„Hast du Hunger?", fragt der Mann.

„Was kann man denn hier sonst noch haben?", frage ich.

„Kalt."

„Hab ich. Beides."

„Ich mache den Ofen an." Der Mann beginnt damit, Holz in den Ofen zu schmeißen.

Bing! WhatsApp vom Kind: *In der Schule, wo denn sonst?*

Versteh ich nicht. Es ist gleich Abend. Wieso ist es in der Schule?

Der Mann hantiert mit einem Kaminanzünder rum. Er verbrennt sich übel die Finger. Das ist, seit wir hier sind, bisher jedes Mal passiert. Der zweite Kaminanzünder landet tatsächlich im Ofen. Aber nicht in der Nähe von Holz. Wir schauen ihm still dabei zu, wie er abbrennt, ohne unser Brennholz zu beschädigen.

Ich habe dem Kind gestern Abend eine WhatsApp geschickt mit der Frage, wo es sei und was es mache. Kann es wirklich sein, dass die Nachricht vierzehn Stunden hin und seine Antwort noch mal zehn Stunden zurück braucht? Der Mann zeigt mir einen weiteren Grillanzünder.

„Das ist der Letzte."

Wir sind seit drei Tagen hier und haben zwei ganze Packungen verbraucht. Im Schnitt sechs Stück für einmal Feuer machen. Ich lese den bisherigen Chatverlauf mit dem Kind.

Ich: *Wir sind gut in der Eifel angekommen. Ist sehr schön hier. Denk dran, ich hab noch Lasagne im Kühlschrank für dich.*

Das Kind: *Ist die Lasagne im Kühlschrank für mich?*

Ich: *Ja klar. Hab ich doch geschrieben.*

Das Kind: *Heute Abend kommen ein paar Leute. Ist eine kleine Party okay?*

Ich: *Auf gar keinen Fall!*

Der Mann flucht sehr laut und unschön. Er schmeißt den Kaminanzünder in den Ofen und rennt zum Wasserhahn.

„Ich denke, du bist in der Eifel aufgewachsen?“, rufe ich ihm hinterher.

„Wir hatten eine Ölzentralheizung! So wie alle anderen auch. Außerdem einen elektrischen Garagentoröffner. Eine Mikrowelle. Einen Telefonanschluss. Und ich hatte einen Atari ST mit Modem. Es war einfach eine andere Zeit.“

Bing! Das Kind: *Danke. Cool von dir.*

„Ich muss mit dem Kind sprechen“, sage ich zum Mann. „Das Eifelinternet ruiniert uns die ganze Wohnung.“

Ich setze mich ins Auto und fahre vierzehn Kilometer Serpentinen bis Gerolstein. In irgendeinem Kaff auf dem Weg sehe ich eine Bücher-Telefonzelle. Tolles Konzept. Haben wir zu Hause auch. Man nimmt sich einfach ein Buch. Liest es. Stellt es wieder zurück. Und vielleicht noch ein anderes ausgelesenes gleich mit dazu. Angesichts der Mobilfunkabdeckung hier verbietet sich diese Idee allerdings. Aus alten Telefonzellen sollten sie hier einfach neue Telefonzellen machen.

Auf dem Lidl-Parkplatz in Gerolstein hat man guten Empfang. Obwohl der Markt seit einer Stunde geschlossen hat, ist der Parkplatz voll. Viele Holland- und Ruhrpott-Kennzeichen. Aber auch Engländer und sogar zwei Münchner. Alle sitzen in ihren Autos und telefonieren. Alle haben die Motoren laufen, um sich aufzuwärmen. Es ist August.

„Es gibt keine verdammte Party!“, plärre ich ins Telefon.

„Gestern“, sagt das Kind. „Gestern war die Party. Außerdem hast du doch ‚*ja klar*‘ geschrieben.“

„Lasagne!“, brülle ich. Und lege auf.

Auf dem Parkplatz läuft ein junger Mann von Auto zu Auto und verteilt Zettel eines Pizza-Services. Ich wähle automatisch die Nummer und bestelle zweimal Pizza Vulcano. An die Adresse unseres Ferienhauses liefern sie nicht. Da wären sie ja den ganzen Abend unterwegs.

Ich telefoniere noch mit meiner Mama. Und mit zwei Freundinnen. Ich checke Facebook, Instagram, das Abnehm-Forum und eBay. Dann hole ich die Pizza ab.

Unser Bauernhäuschen liegt im Dunkeln, als ich zurückkomme. Der Mann liegt im Wohnzimmer und schläft. Der Ofen ist aus. Ich mache den Backofen an und setze mich mit den Pizzas davor. Wir wärmen uns alle drei auf und machen uns Gedanken. Ist heute Sonntag? Immer noch? Oder schon wieder? Vergeht die Zeit in der Eifel überhaupt? Und wenn ja, warum? Zu Hause in der Stadt kann ich die anderen Menschen oft nicht ertragen. Aber das ist deutlich besser, als sich selbst nicht ertragen zu können.

Am nächsten Morgen ist der Mann schon sehr früh unterwegs. Grillanzünder besorgen an der Tanke in Daun. Er besorgt fünf Packungen. Am Nachmittag ist es relativ warm. Außerdem habe ich zwei Eier gepellt. Sowie einer der Nachbarskatzen dabei zugesehen, wie sie sich mitten auf der Hauptstraße eine Viertelstunde am Popo geleckt hat. Doch.

Am nächsten Morgen stehen wir gar nicht mehr auf. Wozu auch? Der Mann rät zu einem gelegentlichen Wenden. Damit wir uns nicht wundliegen.

Am übernächsten Morgen allerdings ist Schluss damit. Heyroth sehen und sterben ist nicht mein Konzept.

„Anziehen. Machen. Irgendwas. Jetzt sofort!“, rüttele ich den immer noch friedlich liegenden Mann wach. Weil wir erst mal keine bessere Idee haben, tapsen wir also wieder durch unser Dorf. Es ist idyllisch. Und tot. Plötzlich hab ich das unschöne Gefühl, verarscht zu werden.

„Was, wenn das hier ein ganz großer Bluff ist? Der größte Touristen-Bluff aller Zeiten?", frage ich den Mann.

„Hä?"

„Überleg doch mal. Fällt dir hier nix auf? Hier ist niemand. Nie. Hier wohnt keiner. Vermutlich schon sehr lange nicht mehr. In keinem der Dörfer. Das ist alles nur für Touristen dekoriert. Siehst du das denn nicht?"

Der Mann ist irritiert. Er überlegt. „Aber manchmal gehen hier doch Lichter an und aus. Und so was."

„Alles programmiert. Du kennst doch die große Modelleisenbahn im Hobbykeller von meinem Onkel. Da passiert auch ständig irgendwas. Und da wohnt auch keiner."

„Na ja", sagt der Mann. „Wir haben auf dem Hinweg schon Leute gesehen. In den Vorgärten. Halt nicht hier, aber in den anderen Dörfern. Die haben sogar gegrüßt. Weißt du noch? Als wir Brötchen holen waren."

Ich fass es nicht. Wie naiv dieser Mann doch ist.

„Frührentner! Aus Köln. Möglicherweise auch aus Düsseldorf. Die sind organisiert."

Der Mann versteht gar nix. Ich erklär's ihm:

„Die karren die Alten morgens hier ran. Mit Bussen. Und stellen sie in die Vorgärten der schönsten Bauernhäuser. Da stehen sie dann und winken den Touristen zu. Eventuell jäten sie noch ein bisschen Unkraut. Die bessern ihre Rente auf. Abends werden sie dann wieder eingesammelt und heim in ihre Städte gebracht."

„Wer holt die Rentner ab?"

„Der Eifel-Verein! Wer denn sonst? Denen gehört hier alles. Wer sich denen in den Weg stellt …" Ich mache die klassische Geste für durchtrennte Kehle. „Und dann mit Betonstiefeln ab ins Maar."

„Engelchen. Du liest zu viele von diesen grottenschlechten Eifelkrimis."

Der Mann grinst. Er glaubt, er habe noch Gegenargumente: „Was ist mit Dreis-Brück? Da haben wir abends einen Musikverein bei der Probe gesehen. Und eine Fußballmannschaft hat da auch trainiert. Und da sind drei Feuerwehrautos im Kreis gefahren. Sind das auch alles Frührentner aus Köln?"

„Natürlich nicht. Das sind Profis. Vielleicht aus Daun oder Gerolstein. Sie sind beim Eifel-Verein als Eifler angestellt. Auf Lebenszeit. Klar haben wir den Musikverein und die Fußballmannschaft und die Feuerwehr gesehen. Aber nicht gleichzeitig. Das geht auch gar nicht. Es sind immer dieselben paar Leute. Außerdem stellen sie noch den Kirchenchor und den Kegelclub dar. Und auf Dorffesten sind sie einfach alle."

Der Mann ist nachdenklich geworden. „Hm. Das würde schon Sinn machen. Und früher, kann ich mich erinnern, waren es auch immer dieselben in den Vereinen."

Aha. Es hat also klick gemacht. Die Wahrheit ist: Seit zwanzig Jahren lebt in den Eifel-Käffern gar keiner mehr. Die ganze pittoreske Eifel-Kacke ist Touristen-Nepp! Und wir werden das jetzt beweisen!

Das Wohnzimmer des Ferienhauses haben wir zum Lagezentrum umfunktioniert. Mit Tapetenresten aus dem Schuppen haben wir an der Wand eine große Skizze des Dorfes angefertigt. Hier notieren wir Veränderungen und Geschehnisse. Und vor allem Nicht-Geschehnisse. Mit Datum und Uhrzeit. Menschen, die wir irgendwo sehen, fotografieren wir und benennen sie. Schema: *Thomas01. Dienstag 18 Uhr. Niederehe. Mäht Rasen.*

Bisher haben wir schon einiges rausgefunden. Zum Beispiel wird der grüne Ford Focus, der vor dem Haus gegenüber steht, nach einem klaren System bewegt. Vor Beginn unserer Observation haben wir im Lidl den kompletten Vorrat *ja!*-Kondensmilch-Plastikpöttchen aufgekauft und hinter und vor die Reifen aller Autos im Dorf gelegt. So konnten wir ein

Bewegungsprofil des Dorfes erstellen. Nach einer 24-Stunden-Observation haben wir zwei Zeiten: Morgens 7:30 Uhr und abends 17 Uhr. Wir checken die beiden Uhrzeiten über mehrere Tage. Und es ist genau, wie wir es uns gedacht haben: Der Ford Focus fährt exakt zu diesen Uhrzeiten los beziehungsweise kommt wieder zurück. Wie programmiert. Der Autobeweger – so nennen wir den Angestellten des Eifel-Vereins, der den grünen Ford fährt – ist sehr geschickt. Um 17 Uhr fährt er den Wagen auf den Hof und verschwindet im Haus. Bisher konnten wir noch nicht klären, wie er das Haus ungesehen wieder verlässt, um die restlichen Autos umzustellen. Wir vermuten aber, dass die Häuser unterirdisch miteinander verbunden sind. Arbeitstitel dieser These: Vulkanische Sprudelschächte.

Der Mann versucht nun, das Auto in Heyroth zu finden, das exakt um 17 Uhr 10 einen Hof verlässt. Dann hätten wir ihn.

Wir haben außerdem mehrere Holzstapel vermessen und überprüfen jede Nacht, ob es eine Entwicklung gab. Schließlich müssten hier noch andere Öfen geheizt werden! Bisher ohne Befund. Das bekräftigt unsere These.

An einem Neubau, etwas abseits, haben wir ein auffälliges Kinderfahrrad entdeckt. Unsere Recherchen im Internet haben ergeben, dass dieses Modell nur zwischen 1989 und 1993 hergestellt wurde. Das ist die bis dato heißeste Spur. Wäre bei Ankauf des Fahrrads das entsprechende Kind drei Jahre alt gewesen, wäre es heute dreißig Jahre alt. Sollen wir tatsächlich glauben, dass dieses dreißigjährige Kind immer noch mit demselben Fahrrad unterwegs ist? Und damit zu seinem Neubau radelt, den es mit etwa 15 Jahren gebaut hat? Es stinkt zum Himmel!

Auf unserem Lageplan kleben auch verschiedene aktuelle Zeitungsausschnitte aus dem *Trierischen Volksfreund*.

Zum Beispiel eine Übersicht der Konzerte verschiedener Musikvereine. Auffallend: Niemals spielen zwei Dorfkapellen gleichzeitig. Geht ja auch nicht. Ebenfalls ist niemals ein Altherren-Fußballspiel zeitgleich mit einem Konzert des Kirchenchors. Eigentlich ist damit schon alles gesagt.

Dem Mann fällt ein, dass er irgendwann mal was über einen geheimen Regierungsbunker in der Eifel gelesen hat. Zu der Zeit, als die Merkel noch von Bonn aus regiert hat. Aber da er ja darüber was gelesen hat, kann der Bunker ja gar nicht mehr so geheim sein. Was hat ihn also abgelöst? Ein neuer Bunker? Möglich. Aber vielleicht ist unsere Regierung viel schlauer, als wir denken. Was wäre, wenn es geheime Regierungsdörfer gäbe? Ein ganzer Landstrich wird freigehalten für den Tag X. Atomkrieg oder so was. Dann wird die Regierung in den leeren Atomdörfern untergebracht. Sie tun dann so, als hätten sie da schon immer gewohnt. Niemand merkt was. Statt den Rentnern aus Köln steht dann der Altmaier im Vorgarten und winkt. Das ist clever. Und so Bomben sind ja auch nicht billig. Die wirft man nicht einfach über der Eifel ab. Wozu auch.

Ich brauch einen Moment. Dann wird mir die ganze Dimension klar. Ich hab die Sache unterschätzt. Eifelverein. Verfassungsschutz. CIA. Alles klar. Und das erklärt auch das schlechte Internet. Die halten die ganze Bandbreite zurück für die Regierung.

„Soweit verstanden", sag' ich. „Aber wie passt der Thomas D. ins Bild? Der ist doch gar nicht in der Regierung. Oder?"

„Arche Noah!", sagt der Mann sehr bedeutsam. „Sie sammeln hier von jeder Art einen. Verstehst du? Für die Zeit nach der Apokalypse. Wenn wir die Augen aufhalten, finden wir auch noch das Haus von Jürgen Vogel, Franz Beckenbauer und Heidi Klum."

„Und von Felix Lobrecht, oder?", frage ich den Mann.

„Vermutlich. Ganz sicher aber von Nora Tschirner."

„Aha", sage ich.

Auf einer Weide zwei Häuser weiter lernen wir 319 kennen. Wir sind nicht sicher, ob Kuh, Stier oder Ochse. Aber offensichtlich ein Rindvieh. 319 trägt ein rotes Halsband, auf dem sein Name steht. Er ist eher der unaufgeregte Typ. Wir treffen ihn jedes Mal, wenn wir zu einem Spaziergang Richtung Wald aufbrechen. 319 liegt immer ganz vorne am Elektrozaun und guckt. Heute nicht. Sehr gemächlich trabt von weiter hinten eine Kuh an. Sie hat die Nummer 415 auf dem Halsband. Aber es ist 319. Natürlich ist er das. Wir kennen doch unseren Nachbarn. Dieselben Farben. Dieselbe Musterung. Derselbe Blick. Es ist 319.

Wir wissen mittlerweile eine ganze Menge über das geheime Eifel-Programm der Regierung. Aber das Rätsel um 319 bereitet uns Kopfschmerzen. Warum betreibt man so einen Aufwand, um uns hier eine 319 für eine 415 vorzumachen? Sind wir der Heyroth-Verschwörung zu nah gekommen? Ist es eine Falle? Haben sie uns im Visier? Wir müssen vorsichtig sein. Noch fehlt uns vielleicht das eine Puzzleteil, damit das Ganze ein Bild ergibt. Und morgen werden wir erst mal abreisen. Aber wir kommen wieder. Und dann kriegen wir dich, Eifel!

DER OMA-MÖRDER

„Du bist ein Arsch. Echt."

Die Frau ist sauer. Mit mir. „Das ist fies. Stell dir vor, das würde einer mit dir machen."

Ich stelle es mir vor. Nichts passiert. Ich versuche es sachlich: „Engelchen. Er wollte nicht wissen, WO die Galerie ist, sondern welche Linie dorthin fährt."

„Pffft. Klugscheißer. Mit dir diskutier' ich gar nicht."

Ein freundlicher junger Mann wollte eben von mir wissen, welche Straßenbahnlinie ihn zur Europagalerie bringt. Eine Frage, die mir gefällt. Man fühlt sich so großstädtisch, gerade weil wir ja nur eine einzige Straßenbahnlinie haben.

„Zur Europagalerie? Also, da nehmen Sie einfach die Linie eins bis Hauptbahnhof.

Ja. Gerne. Schönen Tag noch."

Hauptbahnhof ... noch so was schön Großstädtisches. Vielleicht könnten wir die beiden Gleise noch metropolenartiger benennen. Hauptbahnhof-West.

Die Frau lässt nicht locker. Offensichtlich möchte sie jetzt doch mit mir diskutieren:

„Der arme Kerl läuft jetzt zehn Minuten zur nächsten Haltestelle. Zahlt 2 Euro 70. Und fährt dann genau hierher zurück. Das ist so kindisch."

„Da hast du recht, Engelchen. Aber er weiß es doch nicht besser."

Die Frau muss lachen. Dann wird sie sehr böse. Weil sie lachen musste. Sie nimmt abrupt Fahrt auf Richtung Fußgängerzone. Ihr Tempo verrät, dass der nette Teil des Tages nun vorbei ist. Wenn sie richtig sauer ist, spricht sie gar nicht und ignoriert mich. Damit komm' ich eine ganze Weile gut klar. Wenn sie allerdings nur halb sauer ist, lässt sie mich im Kaufhof Badehosen anprobieren. Aber nur die viel zu kleinen. Also fast alle. Dann zerrt sie mich aus der Umkleidekabine mitten ins Geschäft, weil da angeblich das Licht besser sei. Sie will sicher sein, dass die Badehose passt. Bitte, kein Problem. Ich lege mich flach auf den Bauch und mache Schwimmbewegungen. Dann hat die Frau meistens genug gesehen.

Heute geht's aber am Kaufhof vorbei, beim Starbucks links. Zwischen Rossmann und H&M haben wir unser Ziel erreicht. Da ist er wieder. Der junge Mann von eben. Die Frau erklärt ihm offensichtlich gerade die Örtlichkeiten und zeigt abwechselnd auf die Europagalerie, auf mich und auf ihre Stirn. Ich gehe an den beiden vorbei und grüße freundlich. Ist mir zu doof jetzt.

Ich besorge mir einen Kaffee und eine Puddingschnecke und setze mich auf eine Bank.

Nach einer Weile kommt die Frau und setzt sich neben mich.

„Der ist wirklich ganz nett. Er studiert VWL in Hamburg. Aber seine Freundin hat jetzt hier einen Job am Theater bekommen. Sie ist Regieassistentin und heißt Laura. Durch Zufall hat sie eine tolle Altbauwohnung in der Rosenstraße bekommen. Er findet es klasse hier. Hat ein bisschen was von Berlin, findet er. Und er liebt Berlin."

„Dann soll er die Eins bis Hauptbahnhof nehmen", maule ich. „Mehr Berlin geht hier nicht."

Die Frau guckt mich herausfordernd an: „Kann doch nicht so schwer sein, jemandem eine vernünftige Antwort zu geben. Echt jetzt. Denk doch mal ein bisschen mit!"

Ich stopfe mir die halbe Puddingschnecke in den Mund. Ich kann am besten denken, wenn ich kaue. Natürlich kann ich vernünftige Antworten geben. Ich bin manchmal einfach müde. Müde von der Komplexität simpler Fragen.

Beispiel: Die Frau fragt: „Wo füllt man denn bei meinem Auto das Öl nach?"

Die vernünftige Antwort wäre: „Im Motorraum, an dem Stutzen hängt ein Schildchen mit der Ölsorte und dem letzten Wechsel." Oder, etwas einfacher, nur: „Am Öleinfüllstutzen." Oder mit Lernanstoß: „Genau da, wo es in der Betriebsanleitung beschrieben ist."

Die richtige Antwort ist aber: „Der Biehl ist ein Idiot."

Warum? Das weiß ich nicht. Ist einfach so. Der Biehl ist der Kollege der Frau. Und er weiß alles. Wenn die Frau ihm also erzählt, dass ihr Auto ‚so laut' macht, weiß er: Es fehlt Öl. Die Frau hat also gar keine Frage an mich, sondern eine Information. Vom Biehl. Für mich. Der Idiot unterstellt mir also, ich würde nicht merken, wenn am Auto was nicht in Ordnung ist. Er teilt mir mit, dass ich meine Aufgaben als Mann vernachlässige. Vermutlich auch sexuell. Und wenn ich es nicht mehr bringe, steht er jederzeit zur Verfügung. Das ist die Message. Das ist die Komplexität der Frage.

Ich möchte nicht, dass meine Frau mit anderen Männern über Autos spricht. Natürlich habe ich sicherheitshalber Öl nachgefüllt. Aber ich werde es nicht zugeben. Never.

Es ist offensichtlich, dass Laura ein Verhältnis mit dem hiesigen Frank N. Furter hat. Unser neuer Freund aus Hamburg sollte besser jetzt mal die Eins zurück in die Rosenstraße nehmen. Dann würde er die beiden in flagranti erwischen. Er könnte sich ab sofort nur noch auf sein Studium konzentrieren und eine glänzende Karriere als Insolvenzverwalter von Theaterbetrieben machen. Er würde jede Menge Frank N. Furters, Don Giovannis und sonstige Romeos in Hartz IV schicken. Eine gesunde Motivation dazu hätte er dann jedenfalls.

Aber das geht mich nichts an. Ist mir zu viel. Ich sage ihm

einfach, welche Linie zur Europagalerie fährt und gut. Aus dem Rest halt ich mich raus.

Ich spüle den letzten Bissen Puddingschnecke mit Kaffee runter. „Engelchen. Die Laura vögelt mit dem Frank N. Furter. Und vernünftigerweise müsste ich das dem jungen Mann jetzt sagen."

Die Frau schweigt. Dann sagt sie: „Ich weiß. Aber das geht uns nichts an. Magst du noch was?"

„Ja. Einmal alles. Und Kaffee doppelt."

„Alles klar!" Die Frau verschwindet Richtung Backwerk.

Die Fußgängerzone ist gut gefüllt. Aber es herrscht keine Hektik. Es wird gebummelt. Die viel gelobte Anonymität der Stadt scheint im Moment mal gegeben. Das ist hier nicht immer der Fall. Vor ein paar Tagen stehe ich mit dem Auto an einer roten Ampel. Eine Dame um die 80 steigt bei mir ein. Einfach so. Mit erstaunlicher Geschwindigkeit und Eleganz besetzt sie mit sich und den Karstadt-Tüten die Rückbank. Es ist ja nicht so, dass ich Taxifahrer wäre. Oder ein beiges Auto hätte. Oder ein Schild auf dem Dach. Die Dame ist mir gänzlich unbekannt.

„Ich muss nach Hause. Eschbergerweg 83a", teilt sie mir mit. Freundlich, aber bestimmt. Die Ampel wird grün. Ich fahre also los. Vielleicht ist das jetzt Uber 2.0. Keine App mehr. Man steigt direkt zu irgendwem ins Auto und darf bestimmen, wo's hingeht. Offline Social Networking, Car-Sharing, Mobil im Alter. Vermutlich ist sie ein Trendsetter. Und ich hab' wieder nix mitgekriegt.

Ich versuche mich der Situation schlau zu nähern. „Mädchen sollen ja eigentlich nicht zu fremden Männern ins Auto steigen."

„Nein. Das sollten sie nicht. Aber ich kenn dich ja."

„Tatsächlich?"

„Du bist ein Freund von Norbert. Ich hab‘ dich gesehen, als du ihm geholfen hast, sein Garagendach neu zu decken. Wir wohnen nämlich gegenüber. Vom Balkon sehen wir genau auf das Dach.“

Ich kenne keinen Norbert. Und ich hab‘ Höhenangst. Niemand, der mich kennt, würde mich einladen, irgendetwas zu bauen. Nicht, wenn es dicht sein soll. Oder stabil. Oder überhaupt fertig werden soll. Mir wird mulmig. Ich möchte nicht, dass die ältere Dame Angst vor mir bekommt, wenn ihr klar wird, dass sie bei dem falschen Mann im Auto sitzt. Vielleicht schreit sie um Hilfe. Oder versucht, während der Fahrt auszusteigen. Oder ruft mit ihrem Seniorenhandy ihren Neffen an, damit der die Polizei ruft. Am Ende sitze ich 25 Jahre in Stammheim wegen Entführung. Ach nee. Stammheim ist ja zu. Trotzdem. Mir ist unwohl. Besser, ich spiele mit: „Ja, feiner Kerl, der Nobbi.“

„Ein Drecksack!“, sagt die Dame.

„Oder so“, sage ich.

„Hat der dir eigentlich was dafür gegeben, dass du ihm das Dach gedeckt hast?“

Bis zum Eschberg haben wir bei dem Verkehr noch locker zehn Minuten zu überbrücken. Ich darf jetzt keinen Fehler machen. Sonst schmücke ich das Titelblatt der BILD und drunter steht ‚Klaut dieser Mann unsere Omas?‘

Ich muss auch an die Zukunft des Kindes denken. Und an die Frau. Das würde ihr überhaupt nicht gefallen. Und an Biehl, den Arsch. Wenn er da steht mit falschem Mitleid. Und der BILD.

„Ach Sie wissen ja, wie das ist“ ,sage ich. „Eine Hand wäscht die andere.“ Vielleicht kann ich mich durchfloskeln bis zum Eschberg.

„Alter Geizhals. Da kannste lange warten, bis von dem was kommt.“

Ich überlege, das Radio anzumachen. Das kann aber auch nach hinten losgehen. Ich versuche mich zu erinnern, was ich als Letztes gehört habe. Mit Sicherheit war es zu laut für meinen Fahrgast. Motörhead? Kann sein. Sie wird sich furchtbar erschrecken, wenn das hier losdonnert. Wahrscheinlich bekommt sie sogar einen Herzinfarkt. Dann gurke ich mit einer toten Oma durch Saarbrücken. Um sie irgendwo zu verscharren. Dabei werde ich natürlich gesehen. Von einem Jogger. Irgendein Jogger sieht einen ja immer. Oder ein Pilzsucher. Dem muss ich dann nachlaufen und den auch verscharren. Das kostet mich dann den ganzen Tag. Ich lass das Radio lieber aus.

„Der parkt seit Jahren auf unserem Stellplatz. Meinst du, der hätte uns dafür mal was gegeben?"

Wunderbar. Ein Anknüpfpunkt.

„Warum eigentlich? Er hat doch eine Garage? Oder ist die nicht dicht?"

„Doch. Aber da ist ja das ganze Baumaterial drin. Für den Wintergarten. Hat er dich da noch nicht gefragt? Alleine kriegt der das doch nie aufgebaut."

„Ja, Zeit ist knapp. Gibt ja immer was zu tun. Sie wissen, wie das ist. Dieses Jahr klappt das nicht mehr." Ich zünde ein Phrasenfeuerwerk.

„Da!", ruft die Oma. „Da kannst du mich rauslassen. Ich muss noch in die Apotheke."

„Soll ich warten?", frage ich allen Ernstes. Und beiße mir sofort auf die Lippen.

„Nee. Die paar Meter schaff ich alleine. Ich sag Norbert schöne Grüße. Und dass du für den Wintergarten keine Zeit hast." Dann war mein Fahrgast verschwunden.

Die Frau kommt mit zwei Bechern Kaffee, einer Nussecke, dem VWLer aus Hamburg und einer jungen Frau zurück. Ich frage mich, wer die Nussecke kriegt. Die Dinger kann man nicht teilen, weil man nie weiß, wo sie brechen. Drei Ecken durch vier geht eh nicht. Und es geht ja nur um die Ecken, weil da die Schokolade dran ist. Wenn der Frank N. Furter schon seine Freundin vögelt, wär es unfair, wenn der VWLer jetzt auch noch keine Schokoecke abbekäme. Eine ist mir aber auch zu wenig. Weil man ja nicht weiß, wo sie bricht.

„Das ist Laura", sagt die Frau.

Laura lächelt. Der junge Mann strahlt. Ich stehe auf und möchte nett sein. Ich kann aber nur an Nussecken und an Frank N. Furter denken. Wenn ich gar nichts sage, entsteht so eine peinliche Stille. Das mag ich noch weniger.

„Und? Wie gefällt dir Saarbrücken?", haue ich raus. Gut gemacht. Die Frau wird stolz auf mich sein.

„Ist toll," sagt Laura. „Ein bisschen wie Berlin in Klein."

Nur lächeln. Nichts sagen.

Der junge Mann poltert mitten in mein Lächeln. „Laura macht die Regieassistenz bei der Rocky Horror Show."

„Das ist ja toll", sagt die Frau. Und sieht mich dabei an. Ich nehme die Nussecke an mich und verschwinde wortlos. Ich hab' Kopfweh.

FREMDSHOPPING

Ich suche die Mandelmilch. 100 ml bringen es gerade mal auf 13 Kalorien. Das ist sensationell. Leider hat sich das hier auch schon herumgesprochen. Ich ergattere gerade noch die letzte Tüte. Mist! Jetzt müssen wir noch mindestens einen weiteren Supermarkt abklappern. Fünf Packungen brauch' ich schon. Günstigstenfalls. Wenn Mann und Kind die Finger davon lassen.

Es ist Samstagvormittag. Der Mann und ich erledigen den Wocheneinkauf. Angeblich haben die hier auch Protein-Mozzarella. Aber wo? Ich biege in die Kühlstraße ein.

Da sehe ich ihn. Der Mann schmeißt schnell etwas in einen Einkaufswagen.

„Falscher Wagen!", rufe ich ihm zu.

Der Mann schüttelt den Kopf, legt verschwörerisch den Zeigefinger an den Mund und verschwindet wieder irgendwo zwischen Süßgebäck und den Angeboten der Woche. Was macht er jetzt wieder?

Einkaufen mit dem Mann ist nicht einfach. Weil er es nicht kann. Ein Supermarkt ist für ihn ein fremder Planet. Und er ist der Entdecker. Bei jedem Artikel, den er interessant findet, liest er sich die Beschreibung auf der Packung durch. Und er findet hier so ziemlich alles interessant. So schlurft er durch die Regalgänge und studiert das Angebot. Stundenlang.

Zurück zum Einkaufszettel. Der Protein-Mozzarella. Beim normalen Mozzarella liegt er schon mal nicht. Warum auch, das wäre ja zu einfach. Vielleicht bei den Eiweißshakes und den Muckiriegeln?

Da! Schon wieder! Ich sehe ganz deutlich, dass der Mann

eine große Packung Lachs mit Fertig-Panade in einen fremden Einkaufswagen legt. Jetzt reicht's. Ich stelle den Mann zur Rede. Ich erwische ihn gerade noch, bevor er in der Feinen-Vielfalt-aus-aller-Welt untertauchen kann.

„Was wird das hier? Das ist nicht unser Einkaufswagen!"

„Ich weiß", entgegnet der Mann. „In unsern darf ich das ja nicht legen. Viel zu viele Kalorien."

Ich verstehe nicht. Hä?

„Schau mal: Hier gibt es so tolle Sachen. Zum Beispiel der Lachs eben. Mit Spinat, Sahne, Käse, Pinienkernen, Honig und Knoblauch. Das ist sehr lecker. Genauso würd' ich den Lachs auch machen, wenn ich dürfte. Und hier gibt's den schon fertig und im Angebot. Die Menschen sollen aufhören, so langweilig zu essen. Deshalb habe ich aus dem Einkaufswagen eben die Fertig-Lasagne rausgenommen und durch den Lachs ersetzt. Die Leute werden sich sehr freuen, wenn sie das zu Hause entdecken. Verstehst Du?"

Nein. Aber ich ahne.

„Außerdem macht mir Einkaufen keinen Spaß, wenn ich nicht auch was aussuchen darf. Immer nur, was du willst! Und immer ohne Kalorien und so was. Nie die leckeren Sachen. Und ich entdecke immer sehr leckere Sachen. Wenn man sich ein bisschen Zeit nimmt, findet man die nämlich auch."

„Ich verstehe dich richtig, ja? Du kaufst jetzt für die andern Leute ein, weil du es bei mir nicht darfst?"

„Jepp. Win-win. Da haben wir alle was davon. Du bist nicht sauer. Und ich muss nicht ständig meine Entdeckungen wieder durch den ganzen Laden zurückbringen. Das ist nämlich erniedrigend. Und schwierig. Oft weiß ich überhaupt nicht mehr, wo ich das herhatte. Dann verstecke ich es in irgendeinem Regal in der zweiten Reihe. Und immer sieht mich irgendwer dabei und guckt mich komisch an. Das ist nicht schön." Er macht eine nichtssagende Handbewegung.

„So ist es doch viel besser. Die Leute essen besser. Du bekommst nur, was du auch auf dem Zettel hast. Und ich habe das Gefühl, auch richtig einzukaufen. Genau wie alle andern."

Ach so ist das. Nur weil ich ein bisschen darauf achte, dass das mit der Ernährung bei uns nicht völlig aus dem Ruder läuft, werde ich jetzt hier als Kalorienfaschist hingestellt. Diese bittere Ungerechtigkeit treibt mir erst die Wut in den Bauch und dann die Tränen in die Augen.

„Bitte…!", sage ich zum Mann und schubse ihm unseren Wagen zu. „Dann mach du doch!"

Ich verlasse den Discounter. Komme aber noch mal zurück, um die Mandelmilch zu holen.

Eine Woche später steht erneut der Wocheneinkauf an. Der Mann fragt vorsichtig, wie da denn jetzt das weitere Vorgehen geplant sei. Darauf habe ich nur gewartet. Mein Stichwort. Ich explodiere spontan. Ich arbeite mich durch die verschiedenen Problemfelder unserer Beziehung. Also durch seine Defizite. Und ich beschränke mich dabei wirklich auf die offensichtlichsten. Von den ganzen Merkwürdigkeiten reden wir gar nicht.

„Gut", sagt der Mann. „Das hab' ich so weit verstanden. Bleibt noch die Frage, wie wir das mit dem Einkaufen heute machen. Komm ich mit rein oder soll ich im Auto warten? Dann würd' ich mir nämlich noch ein Hörbuch laden."

Ich hole tief Luft. Okay. Einkaufen macht keinen Spaß, wenn es nur nach dem Einkaufszettel des anderen geht. Mag sein. Obwohl mein Einkaufszettel ja nun mal auf Erfahrung, aktuellen wissenschaftlichen Erkenntnissen und dem Abnehm-Forum basiert. Während der Mann einfach nur ziellos und triebgesteuert ins Regal greift. Ich werde doch nicht drei Kleidergrößen drauflegen, nur damit ER samstags ein bisschen Spaß hat. Vielleicht ist die Lösung mit dem

Fremdeinkaufen also doch nicht so schlecht. Vielleicht ist sie auch bescheuert. Aber ich hab' grad keinen besseren Vorschlag. Was soll's.

„Wie das mit dem Einkaufen läuft? Ich sag dir, wie das mit dem Einkaufen läuft. Jeder kann das einpacken, was er für vernünftig hält. Ich in unseren Wagen. Und du in alle anderen."

Und so machen wir es jetzt seit ein paar Wochen. Der Mann tappt gut gelaunt durch seine Welt des Genusses, greift nach allem, was ihn anlacht, und verteilt es dann auf die Mitkaufenden. Und auf der Rückfahrt vom Supermarkt erzählt er mir immer, was es bei anderen Leuten demnächst zu essen gibt. Ein bisschen beneide ich ihn ja. Er wirkt so glücklich. Und egal, welche Kalorienbomben er auch aus dem Regal nimmt – nichts davon setzt bei uns an.

Ich bin mit unserem eigenen Einkauf meist ein bis zwei Stunden vor dem Mann fertig. Das gibt mir Gelegenheit, sein Treiben zu beobachten. Manchmal warte ich neben einem der Einkaufswagen, die er bestückt, um dessen Besitzer kennenzulernen. Teilweise ist es erschreckend, wie falsch der Mann mit seinen Einkäufen liegt. Beispielsweise hat er einer blutjungen Studentin (vermutlich Lehramt) ein edles, aber auch sauteures Rinderfilet eingepackt. Das ist Quatsch. Sie ist doch gar nicht ausgerüstet, um das Fleisch auf den Punkt zu garen. Und sie hat in ihrem Leben noch nie eine Schalotten-Rotwein-Jus reduziert. Sie wird das feine Stück verbrutzeln. Und dann Ketchup drüber machen. Und den Rest des Monats ist sie pleite. Und es gibt nur noch Toastbrot. Mit Ketchup. Wahrscheinlich ist sie sowieso Vegetarierin. Ich tausche das Rinderfilet gegen zwei Packungen 0,2 Prozent Naturquark aus unserem Wagen. Damit kann sie mehr anfangen. Doch.

Die Notwendigkeit, die willkürlichen und fehlerhaften Kaufentscheidungen des Mannes zu korrigieren, raubt mir allmählich die Zeit für unseren eigenen Einkauf.

Egal. Das bisschen, was wir brauchen, lassen wir uns einfach liefern.

Es ist Samstag. Der Mann und ich stehen sehr früh auf. Wir haben heute vier Supermärkte zu betreuen. Durchschnittlich brauchen wir drei Stunden pro Markt. Wir haben uns aufgeteilt. Ich kümmere mich um Menschen mit Mangelernährung und/oder Übergewicht. Der Mann kümmert sich um die Langweiler. Raus mit dem Erbseneintopf, rein mit der toskanischen Fischpfanne. Natürlich kommt es auch zu Überschneidungen. Es ist durchaus möglich, sich langweilig *und* schlecht zu ernähren. Dem Mann fehlt dafür nach wie vor der Blick, obwohl er auch schon einige Fortschritte gemacht hat.

Ein eher alleinstehender Mittvierziger in blau-schwarz kariertem Flanellknitter, deutlich übergewichtig und frei von Einsicht, hat sich mehrere Dosen Bolognese-Ravioli zu den fünf Flaschen Cola in seinen Wagen gestapelt. Der Mann hat, ganz richtig, die Ravioli wieder herausgefischt und durch eine Gemüsepfanne ersetzt. Ich die Cola gegen Cola Light. Aber damit ein Schuh draus wird, tausche ich die Gemüsepfanne des Mannes (mit Kräuterbutter!) gegen Leipziger Allerlei im Dampfgarbeutel.

Einem Rentnerpärchen hat der Mann doch tatsächlich eine Packung Käsekroketten in den Wagen gelegt. So ein Unsinn. Die essen seit 60 Jahren Salzkartoffeln zu den Königsberger Klopsen. Und so soll es bleiben. Ich mache den Tausch rückgängig und lege ihnen wieder das Netz Kartoffeln in den Wagen. Dabei merke ich, dass sie die Klopse vergessen haben. Die besorg ich ihnen noch schnell, bevor sie Richtung Kasse verschwinden.

Gelegentlich sind allerdings sowohl Mann als auch ich ratlos. Bei einer kaum volljährigen Mutti mit nervösem

Kleinkind bleibt uns angesichts ihres Wageninhalts nichts anders übrig, als den ganzen Wagen zu entsorgen. Ein Kilo Speckmäuse aus Schaumzucker. Ein halbes Kilo Ahoi-Brause Zitrone. Peppa-Pig-Fruchtsaft Erdbeer-Aprikose, sechs Liter. Ein Zehnerpack Spritzbeutel. Diese Kombination ergibt nur dann Sinn, wenn Mutti vorhat, sämtliche Silikonfugen eines Mehrfamilienhauses zu erneuern. Und ihr Silikon einfach zu öko ist.

Wir haben uns aus Toilettenpapierrollen eine kleine Fläche des Hygieneartikelbereichs abgetrennt. Etwa acht Quadratmeter. Uneinsehbar. Hier stellen wir die Wagen ab, die nicht mehr zu retten sind.

Mir fällt auf, dass nahezu alle attraktiven, alleineinkaufenden Frauen eine Flasche Champagner, Milka-Herz-Pralinés und ein Kokos-Mandelblüten-Schaumbad in ihrem Wagen haben. Ich kenne diese Kombination nur zu gut. Es ist die Standard-Romantik-Kollektion des Mannes. Soweit ich weiß, ist er auch der Einzige mit dieser Kombination. Es ist wie eine Handschrift. Ich werde das Thema wohl zu gegebener Zeit ansprechen müssen. Allerdings kann ich es mir nicht verkneifen, einer der Damen – einer auffällig schlanken Schönheit – die Hähnchenbrustfilets natur gegen Cordon Bleus auszutauschen. Mal sehen, ob es ihr die Figur wert ist, Käse, Schinken und Panade wieder runter- und rauszukratzen. Ihre Packung Mandelmilch nehme ich an mich. Nur fair. Sie hat ja vom Mann Champagner bekommen.

Zum Eklat kommt es am Einkaufswagen einer jungen syrischen Familie. Oder türkisch. Oder pakistanisch-ägyptisch. Jedenfalls hat der Mann eine Familienpackung Nürnberger Rostbratwürstchen und Löwensenf auf deren Speiseplan gesetzt. Unglaublich. Ich greife in den Wagen und halte die Würstchen hoch. „Das hat Ihnen dieser Mann da reingelegt!“, kläre ich die Familie auf und zeige auf den Mann. „Wissen

Sie überhaupt, was da drin ist? Schwein!" Die Familie schaut mich ratlos an.

„Schwein!!!. Oink Oink ...", versuch ich weiter aufzuklären. „Das dürfen Sie doch gar nicht essen!"

Fragende Gesichter. Peinlich berührt. Ich grunze. Und rufe: „Schwein. Pig. Oink. Oink. Cordon Bleu!" Dazu halte ich mir meinen angewinkelten Zeigefinger an den Po. Ich weiß nicht, ob das exakt wie ein Ringelschwänzchen aussieht, aber einen Versuch ist es wert.

Der Mann verteidigt sich: „Ich hab' das gar nicht da reingemacht. Das waren die selber. Ich war nur das mit dem Löwensenf."

Eine Frau in meinem Alter mischt sich ungefragt ein. „Vielleicht sind das gar keine Moslems. Nur weil sie Ausländer sind. Das ist ja wohl diskriminierend."

„Oink, Oink ...". Ich halte immer noch die Bratwurst hoch.

Jetzt verteidigt der Mann mich. Er greift nach einer Packung Sahnepudding aus dem Wagen der Familie unbekannter Herkunft. „Da! Sehen Sie das? 34 Prozent Zucker. Der Rest ist Fett. Das ist ein Adipositasbeschleuniger hoch zehn. So! Und zwar für alle. Juden. Christen. Zeugen Jehovas. Das Zeug macht den Dalai Lama zum Buddha. Und das geben diese Leute ihren Kindern!"

Mittlerweile stehen zehn bis zwölf Personen um uns herum. Irgendwer ergänzt erwartungsgemäß, dass die uns auch die Arbeitsplätze wegnehmen. Ich nehme eine Packung Vollmilch aus dem Wagen der Familie, die sich inzwischen offensichtlich schon in Sicherheit gebracht hat. Ich halte sie hoch. „Sehen Sie das? Das ist kein Getränk. Das ist eine komplette Mahlzeit. 560 Kalorien. Die Hölle. Ungesüßte Mandelmilch dagegen hat nur 130 Kalorien. Merken Sie was? Merken Sie was?"

Zwei circa zwölfjährige Mädchen drängen sich an den Wagen und legen jeweils eine Packung Äpfel rein. „Das habt ihr sehr gut gemacht, Kinder!", lobt eine ältere Dame aus dem Publikum die beiden und steckt ihnen dafür eine Packung Lebkuchen zu.

„Und das hier gehört auch nicht in euren Döner!" Irgendwer zieht jetzt einen Weißkohl aus dem Wagen. Aber der Mann geht dazwischen: „Im Gegenteil. Weißkohl gehört unbedingt da rein." Er schnappt sich das Gemüse und legt es vorsichtig zurück.

„Oink, oink. Kalorien. Cordon Bleu. Protein-Mozzarella. Das steht alles auf dem Zettel. Ihr müsst nur auf den Zettel gucken!", höre ich mich noch von Weitem rufen. Ich finde, ich klinge ein bisschen hysterisch. Mir ist schummrig. Dann reißt meine Erinnerung völlig ab.

Das Hausverbot ist nicht so tragisch. Es gilt nur für mich. Das Kind und der Mann dürfen weiter uneingeschränkt in den Supermarkt. Was die beiden und ihre Miteinkäufer da jetzt so treiben, weiß ich nicht. Ist mir auch egal. Mandelmilch und Co. wird geliefert. Alles andere fällt nicht mehr in meinen Verantwortungsbereich. Soll sich jemand anderes drum kümmern. Ich bin raus.

RED DEAD REDEMPTION II

Jetzt ist es also so weit", sagt der Mann. „Ich muss los."
„Ja", sage ich. „Lass uns kein Drama draus machen."

„Nee. Wir sollten wie Erwachsene damit umgehen. Läuft ja schon seit einem Jahr darauf hinaus."

„Genau. Und wir können ja Freunde bleiben", sage ich und drücke ihm das Amazon-Päckchen in die Hand. „Also dann: Pass auf dich auf!"

Der Mann geht nach Amerika. In das richtige Amerika. Das mit Cowboys, Indianern, Saloons, Pistolen, Kojoten, Postkutschen und endlosen Prärien. Kurz: Der Mann geht in den Wilden Westen. Doch.

Es ist der 26. Oktober 2018, und DHL hat heute endlich *Red Dead Redemption 2* vorbeigebracht. Ein Computerspiel. Ein Großteil dieses Spiels besteht darin, von der Ostküste zur Westküste der USA zu reiten. In Echtzeit. Der Mann hatte bereits mehrere Monate im ersten Teil dieses Epos verbracht. Nun ist es wieder an der Zeit, in die Stiefel zu steigen, die Sporen anzulegen und die Dinge zu tun, die ein Mann tun muss. Es sei seine Art Sabbatical, sagt er. Ab jetzt ist er ein Outlaw. Ein Gesetzloser. Er wird sich durch das wilde Herz Amerikas schießen. Reitend. Raubend. Tötend. Urlaub vom Nettsein.

Auf unserem halb ausgebauten Speicher hat er bereits die nötigen Vorkehrungen getroffen.

„Ich nehm nur das Nötigste mit", sagt der Mann. „Den Rest lass ich dir hier."

„Fein", sage ich. „Wenn was ist, kannst du ja runterkommen."

„DAS ..." – der Mann wird jetzt episch – „Das wird leider

nicht möglich sein. I'm a poor lonesome cowboy and far away from home."

Und tatsächlich: Der Mann ist verschwunden. Seit drei Tagen. Spuren von ihm finden sich zunächst noch rund um unseren Kühlschrank. Offensichtlich reichen ihm die paar Dosen „Feuerzauber Texas" und die zwei Päckchen Trockenfleisch doch nicht als Vollverpflegung.

Jedenfalls ist das Rahmgeschnetzelte dreiviertel leer. Und ganz offensichtlich macht Reiten heftig Hunger auf Käsekuchen.

Aber seit gestern ist es anders. Der Kartoffelauflauf ist völlig unberührt und selbst die Viererpackung *Schokopudding extrasahnig* ist noch komplett. Da stimmt was nicht.

Das macht mich neugierig. Grundsätzlich interessiere ich mich überhaupt nicht für Computerspiele. Und für den Wilden Westen schon gar nicht. Nicht mal für Pferde, genau genommen. Aber wenn der eigene Mann einen dafür sitzen lässt, wird man ja wohl mal gucken dürfen.

Ich gehe also hoch. Aha. Das Lager des Mannes. Es ist verlassen. Eine verranzte alte Decke ist auf dem Boden ausgebreitet. Das Ding kenne ich. Ist ein Erbstück. Sein Vater hatte diese Decke früher in seinem beigefarbenen Citroën-Kombi liegen. Im Kofferraum. Wofür auch immer. Bereits seit den frühen Sechzigern zog diese Decke bei jedem Fahrzeugwechsel mit. Es war ein Ritual. Der neue Gebrauchtwagen galt erst dann offiziell als in Besitz genommen, wenn die Decke an Bord war. Und das halb volle Päckchen Erfrischungstücher. Und der Eiskratzer mit der Werbeaufschrift der Eisdiele Romana in Bonn-Beuel. Egal. Jedenfalls dachte ich, wir hätten die Traditionsdecke entsorgt.

Und dann erstarre ich und ein kalter Schauer läuft irgendwo an mir herab. Da sind seine alten Cowboystiefel. Schwarz.

Mit Nietenbändchen dran. Ich hatte sie selbst vor mehr als 15 Jahren im Altkleidercontainer versenkt. Nach eindringlicher Absprache mit dem Mann. Ich fühle mich übelst hintergangen.

In der Hoffnung, weitere Geheimnisse unserer Ehe aufzudecken, checke ich den weiteren Bestand des Camps: Noch 'ne Decke. Zusammengerollt. Kenn ich nicht. Daneben ein Camping-Gaskocher mit Omas alter gusseiserner Pfanne. Darin Reste von Bohnen in Tomatensoße. Dazu stilecht: großer Holzlöffel, Metallbecher, eine Ledertasche mit Fransen sowie eine alte rußige Öllampe. Das ganze Gerümpel kommt mir sehr bekannt vor. Ich denke, das hab ich alles schon mindestens zweimal weggeschmissen.

Nicht ganz so Wild-West: Die Playstation, der 60-Zoll-Fernseher aus seinem Büro, die Espressomaschine und ein offensichtlich brandneuer und unglaublich hässlicher Multifunktionsfernsehsessel mit Getränkehaltern. Das Ungetüm in dunkelgrünem Lederimitat besticht durch eine dreistufige Massagefunktion, wie mir die beiliegende Originalverpackung erklärt. Aha. Das ist also sein Pferd. Ich werde es *Sundancer* nennen. Oder ... Nein, ich nenne es *Werner.*

Gut, wenn ich schon mal da bin, kann ich auch 'ne Runde über den Ponyhof drehen. Ich hieve mich also in den Sattel von Werner. Gar nicht mal so unbequem. Der Gaul hat unter der linken Armlehne sogar eine kleine Minibar. Ich nehme mir eine Schachtel Erdnüsse. Auf dem Bildschirm sehe ich eine Cowboy-Stadt: Kleine Häuschen mit Holzveranda, Kutschen rumpeln über die schlammverschmierten Straßen, Männer mit Hüten und Revolvern laufen hin und her. Es schüttet wie aus Eimern.

Hoffentlich hat der Mann seine Regenjacke eingepackt, denke ich spontan. Mieses Wetter in Tombstone. Ich schnappe mir den Spielcontroller und beschließe, mich ein wenig umzusehen. Auswahlmenü, Spielfigur: Weiblich. Jung. Brünett.

Groß. Schlank. Durchtrainiert. Im Prinzip ich. Nur mit kleinen Brüsten. Kann losgehen.

Neben dem Sheriffbüro und gegenüber dem Saloon entdecke ich einen Krämerladen. Hm. Irgendwas braucht man ja immer. Shopping Wild-West. Ich betrete den Laden. Man kann Whiskey kaufen, Käse, Möhren, Waffenreinigungsöl und Pomade. Wimperntusche nicht.

Auf der Theke vor dem schmierigen Ladenbesitzer liegt ein Katalog. Klamotten. Sehr gut. Auch wenn die aktuelle Kollektion Wünsche offenlässt. Herrje. Wir leben im digitalen Zeitalter. Ist es denn so schwer, ein Computerspiel mit Zalando zu verknüpfen? Ich kaufe meiner Spielfigur eine einigermaßen gut sitzende Jeans, dazu ein Paar eleganter mexikanischer Stiefel, ein luftiges Sommer-Top sowie ein farbenfrohes Halstuch. Als ich bezahlen möchte, drücke ich wohl die falsche Taste. Der Ladenbesitzer jedenfalls stirbt spektakulär. Habe ihn aus Versehen erschossen. Mit einer Schrotflinte. Riesensauerei.

Sofort bricht ein Tumult los: Von überall kommen Sheriffs angelaufen, die auf mich schießen. Ich versuche in ruhigem Ton das Missverständnis mit der falschen Taste zu erklären, aber die Herrschaften hören einfach nicht zu. Der Bildschirm wird schwarz-weiß. Das Spiel teilt mir mit, dass ich nun tot sei. Na toll. Und jetzt?

Es geht von vorne los. Ich stehe wieder auf der Straße, Regen, Hüte, Kutschen rumpeln. Alles wie gehabt. Gut. Sogar das hübsche Outfit ist noch da. Diesmal gehe ich direkt in den Saloon. Ich hab‘ Hunger. Links ist eine lange Theke mit ein paar halbseidenen Typen beim Frühschoppen. Rechts ein Tisch mit Kartenspielern. Geradeaus führt eine breite Treppe nach oben. Auf der Treppe lungern leicht bekleidete, aber stark geschminkte Damen herum. Ich versuche sie zu fragen, woher sie die Wimperntusche haben. Sie antworten mir nicht.

Ich bestelle mir Spaghetti Bolognese mit einem kleinen Beilagensalat und einer Cola light. Ich bekomme Eintopf und Whiskey. Beim Bezahlen konzentriere ich mich sehr. Es klappt. Der Saloonbesitzer überlebt. Na also.

Nach dem Essen mag ich gerne ein TicTac. Meine Spielfigur hat einen Beutel umhängen. Vielleicht hab ich ja Glück. Ich setze mich an einen freien Tisch und mache Inventur. Unglaublich, was ich alles so mit mir rumschleppe: eine Wildschweintischdecke, ein perfektes Hasenfell, Spezial-Magenbitter, einen legendären Fisch, starken Pflanzenfresserköder, Pferdeerwecker und jede Menge Knarren. TicTacs fehlen aber. Ich nehme den Magenbitter.

„Engelchen, bist du das?"

Was? Wie? Das ist doch der Mann! Klingt etwas merkwürdig über die Lautsprecher des Fernsehers, aber natürlich, das ist der Mann! Hektisch versuche ich die Inventarliste vom Bildschirm zu klicken. Welche Tastenkombination war das? Bumm. Bumm. Der Mann liegt blutüberströmt auf dem Boden des Saloons. Bis auf das Loch in der Brust sieht er wirklich genau aus wie der Mann. Nur ohne Bauch. Und mit Haaren. Die Stiefel sind allerdings brutal hässlich. Was hab ich auch erwartet.

Die Gesetzeshüter kommen. Es wird viel geballert. Schwarzer Bildschirm. Alles geht von vorne los. Ich muss mir unbedingt merken, welche die Schießtaste ist. Vielleicht sollte ich auch generell mal die Schrotflinte aus der Hand legen. Aber jetzt nicht. Keine Zeit.

Okay. Also das Ganze noch einmal. Ich renne in den Saloon. Trinker, Spieler, Damen. Den Eintopf können sie diesmal behalten. Ich suche den Mann. Hier unten ist er nicht. Oben gibt es drei Türen. Bad. Privat. Nix. Die ersten beiden lassen sich nicht öffnen. Die dritte führt auf einen Balkon. Ohne Aussicht. So ein Schwachsinn.

Ich gehe wieder zurück zu der Tür, auf der *Privat* steht, und schaue, was ich Passendes im Beutel habe. Dynamit. Sollte reichen für eine Holztür. Ich drücke „Dynamit benutzen". Es rumst ordentlich. Der Controller vibriert wie blöd. Schwarzer Bildschirm. Dann das Übliche. Den Weg kenn ich ja so langsam.

Saloon, Trinker, Treppe. Moment! An der Theke wird neben leckerem Eintopf auch noch ein Bad angeboten. Okay. Ich kaufe ein Bad und tatsächlich lässt sich die erste Tür jetzt öffnen. Langsam verstehe ich, wie der Wilde Westen funktioniert.

Im Badezimmer hockt der Mann nackig in einer viel zu kleinen Badewanne. Er raucht Zigarre und lässt sich von einer vollbusigen Rothaarigen in schäbigem Mieder die neuen Haare shamponieren. WTF? Ich ziele auf die Schlampe und drücke ab. Eine Landkarte entfaltet sich über den ganzen Bildschirm. Verdammt! Bis ich die Karte wieder zusammengefummelt hab', ist die Rothaarige verschwunden. Auch gut. Diesmal ziele ich auf den Mann. Angesichts der Situation erscheint mir seine Wiedersehensfreude ziemlich übertrieben. „Engelchen! Da bist du ja. Ich will so gerne heim."

Der Mann erläutert die Sachlage in knappen Worten: Schwarzer Hengst. Schnellstes Pferd im Wilden Westen. Muss der Mann natürlich haben. Mann hat nicht genug Geld. Klaut den Turbo-Gaul. Wird erwischt. Darf die Stadt nicht verlassen. Muss im Sheriffbüro seine Strafe bezahlen. Dann erst darf er heim. Hat aber nicht genug Geld dafür.

„Na, wofür dein Geld draufgegangen ist, hab ich ja gesehen!"

Ich senke die Schrotflinte.

Der Mann grinst: „Was sollte ich machen? Draußen regnet 's. Und ich hab mir grad erst die Haare machen lassen."

Von allen Geschichten, die Männer ihren Frauen so erzählen, wenn sie in der Kneipe hängengeblieben sind und sie auch noch mit einer rothaarigen ‚Bedienung' erwischt werden, ist das mit Abstand die dämlichste. Andererseits habe ich auch keine bessere Erklärung dafür, dass er jetzt zu einem Teil dieses Spiels geworden ist. Und jetzt? Wie krieg ich den Mann wieder nach Hause?

„Wir müssen jetzt die Bank ausrauben, damit wir genug Geld haben, um meine Strafe zu bezahlen. Das geht aber nur zu zweit."

„Und es gibt keine einfachere Möglichkeit? Soll ich nicht mal den Karsten anrufen? Der kennt sich doch mit Computern und so was aus. Der hat auch deinen Laptop geflickt."

„Richtig", grummelt der Mann, „den Laptop hat er repariert. Allerdings saß ich da auch nicht drin!"

Auch wieder wahr. Na gut. Kriegen wir schon hin. Auf Kreta hatten wir auch schon mal Probleme mit der EC-Karte. Wir verlassen den Saloon und postieren uns gegenüber der Bank.

„Haben wir einen Plan?", frage ich den Mann.

„Klar. Wir kaufen uns so viel Munition, wie wir kriegen können. Ziehen uns Masken übers Gesicht. Stürmen in die Bank und holen die Kohle aus dem Tresor. Den Weg nach draußen schießen wir uns frei."

„Klingt wie aus einem billigen Western. Können wir nicht was Raffinierteres machen? So wie bei *Ocean's Eleven*?"

„Total unrealistisch. Träum weiter. So was klappt nur im Film."

Ich gucke mir das Gebäude neben der Bank an. Barber? Es ist ein Frisör. Wenn ich demnächst schon steckbrieflich gesucht werde, möchte ich wenigstens gut darauf aussehen. Im Spiel wachsen die Spitzen so unglaublich schnell raus, dass es schnell ungepflegt aussieht.

„Mach du das mal mit der Munition. Hab' noch was zu erledigen."

Der Frisör ist branchenunüblich wortkarg. Beratung null. Kein Stern, keine Empfehlung. Er bietet mir an, meinen

Bart zu stutzen. Flegel. Nicht, dass mir mal beim Bezahlen die Taste ausrutscht. Nach einer Ruckzuck-Aktion verlasse ich mit einer Kurzhaarfrisur den Laden. Steht mir aber gar nicht so schlecht. Ist aber auch egal. Ich trag ja neuerdings immer Hut.

Schräg gegenüber befindet sich das Post-Office. Vielleicht haben die Ansichtskarten. Dann schick ich Mama eine. Das hab‘ ich ja eigentlich immer von überall gemacht. Sie wird sich freuen.

Ansichtskarten haben sie leider nicht. Aber man kann Telegramme schicken. Schicke eins an Karsten. Dann gehe ich zurück zum Mann. „Ich hab auf einem Plakat gelesen, dass es hier ein Theater gibt. Wollen wir da mal hin?“

Statt zu antworten, zieht der Mann seinen Revolver und hält ihn sich an die Stirn.

„Es ist nicht sehr beeindruckend, mit Selbstmord zu drohen, wenn man unendlich viele Leben hat“, sage ich. Der Mann steckt den Revolver wieder ein. Wir gehen also Richtung Theater.

Wir haben Glück. An der Abendkasse gibt es noch Karten für die *Vaudeville Theatershow.*

Das Ganze ist mehr ein Varieté. Nicht sonderlich originell. Aber auch nicht so schlecht. Leider werden wir den zweiten Teil nicht mehr sehen, da der Mann den tatsächlich etwas nervigen Conférencier einfach erschießt. Absichtlich.

Erstaunlicherweise werden wir nicht – wie hier sonst bei Mord üblich – sofort von Sheriffs angegriffen. Im Gegenteil: Die meisten Cowboys aus dem Publikum applaudieren dem Mann. In was für einer Welt leben wir hier eigentlich?

Daheim gehen wir nach dem Theater oft noch Eis essen. „Das ist allerdings noch nicht erfunden“, erklärt der Mann. Ah.

„Und was macht man hier so? Pizzeria ist dann ja eher auch nicht.“

Wir bummeln ein bisschen durch die Fußgängerzone. Pferde scheinen allerdings auch erlaubt zu sein. Ist also eine Fuß- und Hufgängerzone.

„Da drüben ist übrigens ein ganz nettes Hotel", sagt der Mann.

„Oh, mit Bar?", frage ich.

„Vielleicht mit Minibar. Wir können ja mal gucken."

Wir kaufen ein Zimmer. Es ist tatsächlich ganz kuschelig. Sogar mit kleinem Balkon und toller Aussicht auf den Rio Dings. Der Mann hat in seinem Beutel noch zwei Flaschen Grauburgunder. Wie auch immer er die reingeschmuggelt hat. Die erste trinken wir auf dem Balkon bei atemberaubendem Sonnenuntergang. Für die zweite Flasche kauft der Mann noch ein Bad. Zu zweit echt eng in dieser kleinen Holzwanne. Aber auch sehr schön.

Auf dem Bildschirm ploppt eine Nachricht auf: *Du kannst die Stadt jetzt verlassen. Deine Strafe wurde bezahlt von Spieler EDV_Karsten72SB.*

Ich drücke die Nachricht weg. Fachlich genial, diese IT-Typen. Aber null Feingefühl.

Der Mann ist verschwunden. Ich bin ganz allein in der Wanne. Der Wein ist auch weg.

Plopp. Eine weitere Mitteilung: *Der Spieler dermann73xxl hat das Spiel verlassen.*

Irgendwie schon traurig. Ich steige aus dem Multifunktionssessel und beginne automatisch nach einem Handtuch zu suchen. Es dauert ein bisschen, bis ich begreife.

Als ich unsere Wohnung betrete, höre ich das Badewasser laufen. Es riecht nach Kokos-Mandelblüten-Schaumbad. Der Mann lehnt lässig im Türrahmen. Er trägt wieder Glatze. Während er eine Flasche Grauburgunder öffnet, grinst er zu mir rüber: „So, Engelchen. Wo waren wir stehen geblieben?"

„ZUR TRAUBE“

Wir müssen los!“ Die Frau steht im Büro und drängelt. Ich bin aber noch nicht fertig. Ich muss noch arbeiten. Außerdem ist es noch viel zu früh. Es ist gerade mal 15 Uhr. Eineinhalb Stunden Fahrt. Plus packen. Plus auspacken. Plus frisch machen. Dann würden wir ja schon um 18 Uhr abendessen. Das ist Unsinn. Man kann zwar so früh abendessen, aber dann muss man auch anschließend Fernsehgucken dürfen. Und das darf ich ganz bestimmt nicht. Wir fahren nämlich in ein Romantik-Wochenende. Ich weiß nicht ganz genau, was das ist. Aber es ist ganz sicher ohne Fernsehen.

„Wie lange brauchst du denn noch?“

Die Frage hatten wir schon hundert Mal. Ich weiß es nicht. Ich schreibe einen Text. Der ist fertig, wenn er gut ist. Und wenn ich dabei unter Druck gesetzt werde, geht es nicht schneller. Im Gegenteil. Also sage ich: „Zehn Minuten.“

„Deine zehn Minuten kenn ich“, sagt die Frau und verschwindet.

Wir haben einen Gutschein von Jochen Schweizer. Früher haben wir öfter Gutscheine vom Kind bekommen. Für einmal spülen. Oder einkaufen gehen. Oder Frühstück machen. Das war gut. Herr Schweizer möchte aber nicht unseren Abwasch machen. Herr Schweizer möchte, dass wir in ein Romantik-Hotel an die Mosel fahren. Soweit ich das verstanden habe, wird er selbst nicht mitkommen. Ihm gehört dieses Hotel auch nicht. Er druckt bloß Gutscheine. Das Geschäftsmodell ist mir nicht ganz klar. Vielleicht verkauft er die Reisedaten an einen internationalen Einbrecherring. Das würde ich jedenfalls tun. Egal.

Wir haben diesen Gutschein auch gar nicht von ihm bekommen. Sondern von der besten Freundin der Frau. Wofür, weiß ich nicht mehr. Ich hab ihr eigentlich nie was getan. Jedenfalls ist jetzt Schluss mit der Aufschieberei. Dieses Wochenende ist *Mosel-Romantik und zärtliche Momente*. Sonst ist der Gutschein verfallen. Alle netten Hotels, die zur Auswahl standen, waren so kurzfristig natürlich nicht frei. Aber das Hotel „Zur Traube" in Alf hatte noch das Zimmer ‚Rosenkavalier' frei.

„Wenn wir jetzt nicht loskommen, brauchen wir gar nicht mehr zu fahren." Die Frau ist wieder zurück. Und das war kein Angebot. Das war eine Drohung. Das kann nur sie. Mit einer Verlockung drohen. Für mich klingt das wie „Wenn du jetzt die Puddingschnecke nicht sofort isst, gibt's gleich keine Herrentorte."

„Noch zehn Minuten!"

„Hast du überhaupt schon gepackt?", fragt die Frau.

„Für ein Romantik-Wochenende? Was soll ich da einpacken? Schampus und Kondome? Können wir doch an der Tanke holen."

„Mach hin. Echt jetzt!"

Ich schreibe einen Text für ein Werbevideo, das auf leichte Weise die Vorteile eines neuartigen Multigemüseschneiders zeigen soll. Im Moment versuche ich zu verstehen, wo man das Gemüse reinsteckt. Könnte sein, dass ich mit einmal zehn Minuten nicht ganz hinkomme.

Wie ich richtig vermutet hatte, sind wir gut in der Zeit. Der Supermarkt liegt auf unserem Weg und hat bis 22 Uhr geöffnet. Die Frau braucht Zahnpasta. Sie verreist grundsätzlich nicht mit einer angebrochenen Tube. Das gehöre sich nicht. Ich könnte einen neuen Deoroller vertragen. Außerdem mag ich es, auf Reisen ein bisschen Knabberzeug im Auto zu haben. Wir haben noch zwanzig Minuten. Reicht locker.

Pünktlich wie die Maurer stehen wir um 23:30 Uhr im Speisesaal der Traube. Es stellt sich heraus, dass die Küche bereits geschlossen und das Vier-Gang-Romantik-Dinner ohne uns stattgefunden hat. Die Frau kocht vor Wut. Als ob uns das jetzt weiterbringen würde. Ich argumentiere durchaus schlüssig, indem ich den Schweizer-Gutschein zitiere: „Genießen Sie eine Auszeit von der Hektik und dem Termindruck blablabla entschleunigter Rhythmus blablabla genussvolles Essen." Ich finde, wir haben unseren Teil der Vereinbarung eingehalten. Also dürfte man ja jetzt wohl auch ein genussvolles Essen erwarten. Aber: nein. Gar kein Essen mehr.

Auf unserem Zimmer wartet immerhin die versprochene Flasche Sekt. Auf einem Tischchen hübsch drapiert mit zwei Gläsern. Und dem Handtuchschwan. Die Flasche hat in etwa Körpertemperatur.

Auf Nachfrage bestätigt uns der Nachtportier, dass es kein Restaurant in der Umgebung gibt, das jetzt noch Essen macht. Vielleicht in Koblenz. Oder in Trier. Eine Dreiviertelstunde später sitzen wir in *Sultans Kebab- und Pasta-Bude* am Bahnhof in Trier. Hier waren wir schon öfters, da Sultan rund um die Uhr Kebab grillt. Wir trinken Dosenbier und teilen uns eine Portion Alu-Schälchen-Rigatoni. Dazu bekommt jeder noch einen kleinen Kebab.

„Schau mal, Engelchen. Wenn wir uns nachher noch ein Magnum Mandel an der Tankstelle holen, kommen wir auch auf drei Gänge."

„Fffvier!", mault die Frau mit vollem Mund. „In der Traube wären es Freitagabend vier gewesen."

Ich bestelle noch zwei Röllchen Schafskäse in Blätterteig.

„Glaub bloß nicht, dass wir jetzt quitt sind."

„Engelchen. Wie gehts denn nach dem Blätterteig weiter?", frage ich die Frau. Sie schaut im Gutscheinheft nach: *„Nach solchen gewichtigen Eindrücken ist es eine Wohltat, wieder in die Atmosphäre Ihres romantischen Hotels an der Mosel zu tauchen, Wellness-Einrichtungen zu nutzen oder ganz einfach nur die Seele baumeln zu lassen."*

Trier liegt genau auf der Hälfte zwischen Traube und

Zuhause. Aber nach Hause ist Autobahn. Die Frau schläft unmittelbar nach der Abfahrt ein. Ich nehm die Autobahn.

Am nächsten Morgen mache ich uns Frühstück. Ich stelle zwei Kerzen auf. Und ich decke mit Servietten. Wir haben nur noch welche, die den Eindruck erwecken, in Blut getränkt zu sein. Die hatten wir mal für eine Halloween-Party gekauft. Dann aber gemerkt, dass wir Halloween doof finden. Egal. Für ein Romantik-Frühstück zu Hause muss es das jetzt tun.

Wir lassen uns Zeit, schließlich sind wir zur Erholung hier.

Am frühen Nachmittag sind wir wieder zurück auf unserem Zimmer in der „Traube". Die Minibar hat den Sekt mittlerweile auf Trinktemperatur gebracht. Wir sitzen auf der Bettkante und trinken.

„Um 18 Uhr geht's zum Romantik-Dinner. Wie wär's mit ein bisschen Wellness bis dahin?", fragt die Frau.

„Ich denke nicht, dass es einen Wellness-Bereich gibt. Warum sollten sie uns sonst ständig zur Zärtlichkeit auffordern? Das würde man ja nicht machen, wenn man stattdessen auch in die Sauna könnte. „Mir ist ein bisschen langweilig", sagt die Frau.

„Nicht romantisch?"

„Geht so."

Wir spazieren zwischen Bundesstraße und Mosel entlang. Sehr lange. Das nächste Dorf hat sich auf Busse mit Senioren spezialisiert. Es gibt hier sehr viele Cremetorten und extra Rollator-Stellplätze.

Wir kehren in ein Gasthaus ein und setzen uns an die Theke. Da ist es ruhig. Der Wirt war früher Winzer. Er kennt sich gut aus und ist froh, Gäste zu haben, die der zweitausendjährigen Geschichte des Moselweins standhalten können. Dazu gibt es die berühmte Hausmacher-Platte Winzer Art. Mosel-Tapas: Blutwurst und Leberwurst. Griebenschmalz mit Graubrot. Mini-Mettigel. Und die gröbste Sülze ever. Eine gute Basis für eine weitere Runde durch den Weinkeller. Als kleine Aufmerksamkeit auf unserer betreuten Weinreise serviert uns der Wirt stolz einen romantischen Gruß aus der Küche. Ein kleines Herz, geformt aus Sülze, Mett und Zwiebelchen. Wie süß.

Am frühen Abend verabschieden wir uns mit zwei selbst gebrannten Schnäpsen. Und der Versicherung, bald mal wieder auf ein Gläschen vorbeizuschauen.

Wir haben ordentlich einen im Tee. Vielleicht erklärt das die geniale Idee, mit einem der Seniorenbusse mitzufahren. Der Plan war, als blinde Passagiere bis Alf zu fahren. Dort die Notbremse zu ziehen. Und schnell abzuhauen. Schließlich hatten wir noch ein Drei-Gang-Menü offen. Genau genommen sogar sieben Gänge.

Als der Busfahrer uns weckt, steht der Bus genau vor *Sultans Kebab- und Pasta-Bude*. Trier. Hauptbahnhof. Endstation. Die Senioren verschwinden in Taxis und den Autos ihrer Kinder und Enkel. Wir bleiben übrig. Bei einem Kaffee bei Sultan checken wir auf dem Handy unsere Optionen. Es gibt keine.

In zwanzig Minuten fährt aber ein Flix-Bus nach Hause nach Saarbrücken. Wir bestellen zwei Dosenbier und vier Röllchen Schafskäse-Spinat-Irgendwas als Proviant.

Wir sagen Sultan, er soll es anschreiben. Wir heißen Jochen und Silke Schweizer.

Um zwölf sind wir wieder zu Hause. Die Frau guckt noch Fernsehen. Ich mach noch was mit Multigemüseschneidern.

Das Sonntagsfrühstück fällt aus. An so einem Romantik-Wochenende muss auch mal Zeit sein, auszuschlafen. Das Telefon weckt uns. Es ist die ‚Traube'. Die Empfangsdame möchte uns daran erinnern, dass wir bis 10 Uhr das Zimmer zu räumen haben. Schwierig. Wir brauchen eineinhalb Stunden, bis wir da sind. Plus bisschen frisch machen. Plus einpacken. Plus überhaupt jemanden finden, der uns hinfährt. „Wird knapp", sage ich. Wir sind grad ziemlich entschleunigt."

„Wie lange brauchen Sie dann in etwa?", will die Empfangsdame wissen.

„Zehn Minuten", sage ich und mache das Handy aus.

DAS KIND UND FERTIG!

Es ist ja nicht so, als ob das Kind gar nichts könnte ... oder?", fragt die Frau. Und sie hat recht: Es kann sehr viel. Und es konnte viel sehr früh. Zum Beispiel sitzen. Die anderen Babys sind alle noch umgefallen. Aber das Kind nicht. Es saß wie eine Eins. Oder wie ein L. Eher wie ein L. Ja klar, man musste es anlehnen. Aber dann saß es. Irgendwann ist es dann aufgestanden, hat sein Handy genommen und ist in sein Zimmer gegangen. Kann sein, dass wir es ab dann ein bisschen aus den Augen verloren haben.

„Was muss denn ein durchschnittlicher 17-Jähriger so können?", frage ich die Frau. Sie hat doch was Richtung Kinder studiert.

„Keine Ahnung. Ich mach immer nur bis Kita", sagt die Frau. „Aber du hast doch ständig Schülerpraktikanten!"

„Ja. Er sollte Kaffee holen können. Und Windows neu installieren. Und das Kamerazeugs zum Auto schleppen. Und schweigen. Schweigen können ist eigentlich das Wichtigste."

Wir schweigen. Das Kind wird nächsten Monat 18. Dann gilt es als Erwachsener.

„Das kommt jetzt doch etwas überraschend", sagt die Frau. „Wir sind doch mit Erziehen noch gar nicht fertig."

„Stimmt schon. Vielleicht kann man sich beim Amt noch 'ne Fristverlängerung holen?"

Kann man nicht.

„Es wird uns blamieren!", sagt die Frau. „Die Leute werden mit dem Finger auf uns zeigen und sagen: ‚Guck, das haben sie auch nicht fertigbekommen. Genau wie den Carport.'"

„Ach was. Das kriegen wir noch hin. Es sind noch zwei Wochen Ferien. Das reicht."

Die Frau schaut entschlossen. Sie nickt stumm vor sich hin. Okay. Offensichtlich arbeitet sie an einem Plan. Dann sagt sie: „Ja, das kriegen wir hin. Zwei Wochen für die Bildungs-Basics reicht. Zwei Wochen reicht eigentlich für alles, wenn man Latein weglässt."

Ich hatte eigentlich an den Carport gedacht. Na ja, dann machen wir halt das Kind fertig. Mir egal.

Das Kind sitzt am Tisch im Esszimmer. Ein L ist das nicht mehr. Eher ein G. Egal jetzt. Wir müssen draufhalten. Es ist der erste Tag unseres Intensiv-Erziehungs-Camps.

„Okay, Kind. Das ist der Plan: Wir verabreichen dir Erfahrungen, von denen wir denken, dass du sie gemacht haben solltest. In hochpotenzierter Form. Wir nennen das Erfahrungs-Globuli."

Ich drücke bei PowerPoint die nächste Folie rein.

„Wir werden dich fordern und fördern. Wir werden deine Benchmarks herausarbeiten und deine Corporate Identity überprüfen. Darin liegt immer viel Potenzial. Wir werden dir Wordings an die Hand geben, mit denen du auch im dicksten Shitstorm sauber bleibst. Und wir werden dir helfen, deinen ganz eigenen individuellen Lebensplan zu erstellen. Dabei fast genauso wichtig: das Controlling der einzelnen Steps. Und vermutlich wird deine Mutter auch noch was mit dir basteln."

Eigentlich kommt an dieser Stelle meiner Standard-Präsentation immer ein frivoler Herrenwitz. Mir scheint das Umfeld heute dafür nicht geeignet. Ich drücke schnell zwei Folien weiter.

„Also ... hier ist das Programm von heute: a) Spielerische Ermittlung von vorhandenen Fähigkeiten und Kenntnissen b) Gemeinsames Mittagessen c) Zeit zur freien Verfügung

d) Alle Filme, die man gesehen haben muss, im Schnelldurchlauf. Wir beginnen mit Punkt a). Das heißt, deine Mutter ist dran."

Ich setze mich. Die Frau steht auf. Sie macht den Beamer aus und hält ein hässliches blaues Ding hoch.

„Das ist Coko, das blaue Krokodil. Coko geht nun bei uns im Kreis herum und wir stellen uns dem Krokodil vor. Und wir wiederholen immer die Vorstellung der anderen. Ich fang mal an. Das ist Coko, das blaue Krokodil. Ich bin die Frau. Ich interessiere mich für Fotografie und mein Lieblingsland ist Italien. So. Nun wandert das Krokodil weiter."

Die Frau wirft mir das Krokodil zu. Ich fange es aus Versehen.

„Ähm... was mach ich jetzt?" Mir ist die Aufgabenstellung nicht ganz klar. Außerdem hat sich die Frau genau vier Tage für Fotografie interessiert. So lange hat es gedauert, bis Amazon die ganze Ausrüstung angekarrt hatte. Inklusive des zehnbändigen Ratgebers „Digital-Fotografie für alle". Sie hat das mit dem Scharfstellen aber nicht kapiert und hatte dann keine Lust mehr.

„Du wiederholst jetzt, was Coko und ich gesagt haben, und stellst dich selbst vor. Du musst auch mal zuhören, wenn man was erklärt." Die Frau guckt pädagogisch. Irgendwie sexy.

„Okay. Das ist Kroko. Kroko, der grüne Elefant. Er studiert Fotografie in Italien. Und das ist die Frau. Ich bin der Mann. Und meine Hobbys sind Backwaren."

Das Kind lacht. Die Frau nicht. Wie früher in der Schule. Ich gebe das blaue Ding ans Kind weiter.

„Das ist ein Krokodil. Und mir ist das alles zu doof. Können wir über b) sprechen? Was gibt's denn zu essen?"

Ehrlich gesagt interessiert mich das auch mehr als die Hobbys eines missratenen Stofftieres und eines End-Pubertierenden.

Die Frau lächelt sehr falsch. Dann spricht sie: „Für mich müssen wir das hier nicht machen. Ich mach das nur für euch. Das hier geht alles von meiner Freizeit ab."

„Von meiner übrigens auch", sagt das Kind.

Kindergarten. Einer muss hier die Spur halten. Das bin dann wohl ich.

„Also gut, Kollegen. Dann machen wir jetzt mit Mittagessen weiter. Aber jeder für sich. Dann nutzt bitte jeder die Gelegenheit für eine Reflexion des heutigen Tages. Und Morgen starten wir noch mal ganz neu durch."

Der zweite Tag des Camps startet pünktlich. Allerdings stößt das Kind erst später zu unserer Gruppe, da es mit dem Opa Getränke kaufen ist. Damit ist es entschuldigt. Unentschuldigt dagegen fehlt die Frau. Sie ist joggen. Weil das Kind ja eh nicht da ist.

Der dritte Tag beginnt mit Punkt c) *Zeit zur freien Verfügung*. Diese Planänderung war notwendig geworden, weil ich in der Nacht zuvor noch mal schnell bei Netflix überprüft hab', ob meine Liste der Filme, die man gesehen haben muss, vollständig ist. War sie. Alles andere ist Schrott. Ich steige mit dem Mittagessen ein. Das Kind hat Nudelauflauf gemacht.

„Schon der dritte Tag im Schullandheim und wir haben immer noch nix gebastelt. Was ist los, Frau?"

Das Kind lacht. Die Frau nicht. Ich sollte besser die Klappe halten.

Am Nachmittag basteln wir niedliche Schmetterlinge aus Klorollen. Und lustige Raupen aus Eierkartons und Pfeifenreinigern. Ich weiß, dass es eine Strafarbeit ist. Das Kind weiß es auch. Und es weiß, WER uns das eingehandelt hat. Das Kind hat was gut. Ich setze in Outlook den Status der Teilnahme am Abendprogramm „Rocksongs, die man kennen muss“ auf *fakultativ*. Das Kind nickt mir zu. Wir sind wieder quitt.

Das Kind verbringt den Abend mit Freunden im Kino. Die Frau und ich mit Grauburgunder und der Überprüfung unserer Top-20-Comedyprogramme, die man kennen muss.

Tag vier. Wir starten mit einem Berufseignungstest aus dem Internet. Das Kind beantwortet nahezu alle Fragen mit ‚weiß nicht/überspringen‘ oder ‚beides gleich‘. Ihm wird eine Ausbildung zum Steuerfachangestellten empfohlen. Das Kind ist damit zufrieden. Wir nicht. Die Frau macht den Test. Ihr wird ein Chemiestudium vorgeschlagen. Der Test ist offensichtlich kaputt. Wir nehmen einen anderen. Ich beantworte alle Fragen wahrheitsgemäß und lande bei ‚Erzieher‘. Den Rest des Tages verbringen die Frau und ich damit, herauszufinden, wie man die Fragen beantworten muss, damit bei ihr ‚Model‘ und bei mir ‚Rockstar‘ rauskommt.

Das Kind hat heute ein Footballspiel auswärts. Football geht vor Erziehung. Die Frau und ich überlegen uns, sein Sozialverhalten anhand des Spiels zu analysieren. Aber sie spielen in Wiesbaden. Und es regnet. Und so ein Spiel dauert ewig. Und es ist ständig Pause wegen irgendwas. Wir beschließen, uns die Zusammenfassung des Spiels im Internet anzuschauen. Vergessen es aber, weil wir feststellen, dass auf YouTube alle alten Schimanski-Krimis sind. Wir fügen den Kursunterlagen eine Top-5-Schimanski-Liste hinzu. Wir sind nicht unzufrieden mit dem Tag.

Tag acht. Das Kind fragt, ob es eine Abschlussprüfung gibt. Wir erklären ihm, dass sein ganzes weiteres Leben eine einzige Abschlussprüfung sein wird. Das Kind möchte wenigstens eine Teilnehmerurkunde. Ich bin mir sicher, die Frau wird was basteln.

„Heute möchten wir, dass du deine bisher hier erlernten Skills nutzt und für uns alle einen Camp-Plan für morgen erstellst. Du erarbeitest dir selbst die inhaltlichen Punkte und führst die Gruppe durch den Tag. Die Kompetenzen dafür hast du ja jetzt."

Kluger Schachzug. Die Frau und ich hatten tatsächlich vergessen, für heute etwas vorzubereiten.

„Kluger Schachzug", sagt das Kind. „Ihr habt doch original nix vorbereitet."

„Ja", sage ich. „Vielleicht. Aber noch so ein Einwand und das Krokoko dreht noch 'ne Runde."

Genau genommen ist der Plan der, dass das Kind heute den Tag morgen vorbereitet. Übermorgen werden wir dann Kritik an seiner Performance üben. Positiv natürlich. Und dann kann er überübermorgen das Ganze noch mal machen. Inklusive unserer konstruktiven Verbesserungsvorschläge. Überüberübermorgen machen wir dann eine kleine Abschlussfeier. So kommt man auch ohne beweglichen Ferientag ans Ziel.

Das Kind hat seinen Job gemacht. Er startet den nächsten Morgen mit Punkt a) *Spielerische Ermittlung von vorhandenen Fähigkeiten und Kenntnissen.* Schwerpunkt Allgemeinbildung. Wir spielen also Stadt-Land-Fluss. Mit vom Kind angepassten Kategorien.

Rapper. Youtuber. Sneakermarke. Footballposition. Fastfood. Saarbrücker Bushaltestelle. Ich weigere mich mitzuspielen. Das Spiel wurde konzipiert, damit ich verliere. Ich mach mir Sorgen um die Sozialkompetenzen des Kindes. Nein. Eigentlich nicht. Ich bin sauer. Die Frau schreibt natürlich schon wie blöde. Dabei wurde noch gar kein Buchstabe genannt. Das ist jetzt mein Job. Da ich ja nicht mitspiele.

„Ypsilon." Beide schauen mich an.

„War ja klar!", sagt das Kind.

„Ich mache mir Sorgen um deine Sozialkompetenzen!", sagt die Frau.

Sie suchen sich den Buchstaben selber aus. Es ist S. War ja klar. Smudo kenn ich auch. Schimanski. S.Oliver. Schiedsrichter. Stulle. Schlossallee. Ich hätte doch mitspielen sollen.

Nächste Runde ist D. Ich ruf einfach rein, was mir einfällt. „Deichkind. Deichmann. Dickmanns. Dingsda ... sach' schon!"

Die beiden ignorieren mich. Ich gehe Gitarre spielen. Laut.

Tag vierzehn. Geschafft. Wir sind fertig mit dem Kind. Zur Feier des Tages hat das Kind Currywurst gemacht. Ich steuere ein Sixpack Bier bei. Die Frau hat Babybilder des Kindes zu einer großen Collage geklebt. Ich schenke ihm Kroko. Den gelben Delphin. Eines Tages wird er selbst Kinder haben. Dann braucht er so ein Ding.

Und dann das Highlight: Die Babybox. In diesem hellblauen Karton haben wir Erinnerungsstücke vom Kind gesammelt. Das erste Paar Schühchen. Der Lieblingsschnuller. Das erste Löckchen. Ein Zähnchen. Ein Bußgeldbescheid fürs Parken auf dem Arztparkplatz vorm Kreißsaal. Das Kind guckt mich kritisch an.

„Nee, nee", sag ich. „Ist schon bezahlt!"

„Was ist denn das?" Die Frau zieht ein Schlecker-Treuepunkt-Heft aus der Kiste.

„Ups. Ich wusste nicht, wohin damit. Ich dachte, wenn die doch noch mal aufmachen, ist es gut, wenn wir's noch haben. War ja fast voll."

„Oh. Mein erstes Handy. Cool. Ich hab fast ein Jahr wirklich geglaubt, dass es ein echtes Telefon ist und funktioniert." Das Kind hält ein orange-grünes Spielzeugtelefon hoch.

„Natürlich funktioniert es. Die Batterien sind nur leer. Es ist ein richtiges Telefon."

„Ja, klar“, sagt das Kind. „Ich weiß. Und wenn ich die Batterien gewechselt habe, dann ist bei Oma immer gerade besetzt. Oder ich habe die falsche Nummer. Oder man hat mit fünf Jahren einfach keine Freunde, die auch ein Telefon haben.“

Die Frau nimmt einen eingerahmten Brief aus der Kiste.

„Kannst du dich daran noch erinnern?“, fragt sie mich.

Na klar kann ich. Erstes Schuljahr. Eine Mitteilung der Grundschule über einen Verweis fürs Kind. Mit eingerahmt ist der Bierdeckel vom ‚Kurzen Eck‘. Wir hatten das Kind dafür ordentlich gefeiert. Im kleinen Kreis. Heimlich.

„Weiß du noch, was du dem Direktor damals auf dem Schulhof gesagt hast, nachdem er dich aufgefordert hatte, dir eine Mütze aufzusetzen?“

„Jepp!“, sagt das Kind. „Du bestimmst nicht über mein Leben!“

Wir stoßen an.

NESSUN DORMA

Siesta!“ Der Mann gähnt nachhaltig. Wir sind gerade mit dem Frühstück fertig. Blauer Himmel. Strahlender Sonnenschein. 30 Grad. Oktober auf Teneriffa. Wir machen Urlaub im Norden der Insel. Authentisch kanarisch. Natürlich. In dem kleinen Dorf sind wir die einzigen Touristen. Wir benehmen uns aber nicht so. Wir sind hier für zwei Wochen einheimisch. So ein Unsinn. Einheimisch sind wir doch schon das ganze Jahr zu Hause. Ich weiß wirklich nicht, was das mit Urlaub zu tun haben soll.

Der Mann tappt Richtung Hängematte.

„Du bist grade erst aufgestanden. Was soll das?“

„Ja, wir waren spät dran mit Frühstück. Trotzdem sollten wir die Mittagssiesta einhalten, damit wir wieder in den Rhythmus kommen.“

„Und was soll ich machen? Mir ist langweilig!“

„*Mi nombre es Mark. Klaus vive en una casa verde*“, erklärt mir der Mann mit dem einzigen spanischen Satz, den er draufhat. Er verwendet ihn für alles. Immer. Überall. Auch in Italien. Oder Schweden.

„Wir könnten doch nach Santa Cruz fahren?“

Keine Antwort. Der Mann schnarcht im selben Takt, wie die Hängematte schwingt. Der Mann. Die Hängematte. Der Schatten. Die halbleere Ferrero-Küsschen-Packung. Alles eine Einheit, nicht voneinander zu trennen. Er ist angekommen. Der Mann trägt ein T-Shirt, auf dem in tiefster Eifler Mundart ‚Hej jit net jerannt‘ geschrieben steht. Der Kanare versteht. Und er hält sich dran. Das ist der Urlaub des Mannes. Er war an der Reihe mit Bestimmen.

Ich setze mich auf die alte Bank mit Blick auf das Meer. Gut, das Meer ist etwa 35 Kilometer weg. Ich werde bei Gelegenheit mal bei Google-Maps nachmessen, ob es einen Punkt auf dieser Insel gibt, der noch weiter vom Meer entfernt ist. Kann ich mir nicht vorstellen. Es ist 12:30 Uhr. Siesta ist bestimmt bis 16 Uhr. Ich denke über mein Leben nach. Fertig. Ich zähle die Latten an unserem Holzzaun. Achtundsechzig. Sicherheitshalber zähl ich noch mal nach. Zweiundsiebzig. Mist, also noch mal. Achtundsechzig. Na bitte.

Ich hole mein Handy aus der Küche und beginne, nach richtigem Urlaub zu suchen. Hier: Tui. All inclusive. Mit eigenem Strand und Poollandschaften. Und Chris und Jack, den hübschen Animateuren. Und Büffet. Morgens und abends. Mittags reicht ja dann ein Sandwich. Mit Salat und Pommes. Und nachmittags ein, zwei Stückchen Kuchen. Oder Eis. Oder Kuchen und Eis, wenn die Stückchen eher klein sind.

Der Mann hat mir einen Reiseführer mit den schönsten Wanderrouten auf Teneriffa geschenkt. Nach einer Woche auf der Insel ist mir allerdings unklarer denn je, warum. Niemand hat die Absicht, irgendwo langzuwandern. Geht auch gar nicht. Ist im kanarischen Tagesablauf überhaupt nicht vorgesehen. Touri-Zeugs. So was machen wir nicht. Wir machen Siesta. Zwei Wochen lang.

Joggen ist gut. Das kann man immer machen. Ich jogge zwar schon morgens gleich nach dem Aufstehen, aber was soll 's. Ich zieh mir also die Laufklamotten noch mal an und drehe eine Runde durchs Dorf.

Drei Häuser von unserem entfernt wohnt ein Truthahn. Ich kenne mich mit Truthähnen nicht allzu gut aus, aber mir scheint, er hat schon Dutzende Thanksgivings überlebt. Und daraus offensichtlich einiges an Selbstbewusstsein gezogen. Er stellt sich mir in den Weg. Jeden Morgen. Immer. Dann verfolgt er mich. Mittlerweile die ganze Runde. Ja, richtig:

Ich jogge auf Teneriffa zusammen mit einem Truthahn-Opa. Manchmal hab ich den Eindruck, dass der Truthahn ein Schweißband um den Kopf und dazu eine Achtzigerjahre-Trainingsjacke aus Ballonseide trägt. Türkis-rosa-gelb. Da kann ich mich aber auch vertun.

Die Menschen im Dorf grüßen mich morgens freundlich. Oder den Truthahn. Ich weiß es nicht. Aber jetzt grüßt mich niemand. Niemand draußen. Auch kein Truthahn zu sehen. Alle schlafen. Ich brauch Antrieb. Ich wechsle bei Spotify von „Gemischtes Hack“ zu Puccinis Turandot. „Nessun Dorma“ mit Paul Potts. Wow. Imposant. Je lauter Herr Pott singt, desto schneller laufe ich. Wir sind ein Team. Fühlt sich großartig an. Bereits nach 200 Metern muss ich mich Potts allerdings geschlagen geben. Der Song läuft mir weg. Ist ja auch unfair. Müsste er in der Mittagshitze einer kanarischen Insel singen, würde er auch den Ball flach halten. Ich trabe im Normaltempo weiter.

An der einzigen Kreuzung des Dorfes stauen sich drei Touristenautos. Sie kommen nicht weiter, weil der Truthahn die Straße blockiert. Die Touristen gucken mich hilfesuchend an. Nicht mein Problem. Der Truthahn guckt mich vorwurfsvoll an. Es ist jetzt keine Jogging-Zeit. Jetzt ist Siesta. Oder Touristen-Verarsch-Zeit. Verstehe. Er trägt auch gar nicht sein Stirnband. Ich denke, er trägt die lächerliche Kopie einer Polizeiuniform. Ein Auto hupt. Der Truthahn schimpft. Ein Hund bellt. Potts erreicht den Höhepunkt. Ich muss weiter.

Gestern Mittag waren wir auf mein Drängen hin in Santa Cruz. Der Mann hatte mich gewarnt. Zu. Alle Geschäfte geschlossen. Sogar der 24-Stunden-McDonalds. Das Einzige, was offen hatte, war eine deutsche Arztpraxis. Der Doktor kommt ursprünglich aus Dortmund und ist nach seinem letzten Teneriffa-Urlaub einfach nicht mehr heimgefahren.

Er behandelt alles. Ich habe aber gerade nix. Da dem Doktor aber genauso langweilig ist wie mir, machen wir erst mal was mit Ultraschall. Ich bin nicht schwanger. Ah.

Der Mann hat während meiner Untersuchung im Wartezimmer was über Grippeimpfung gelesen. In der Apotheken-Rundschau. Von 1996. Er fragt den Doktor, ob davon noch was übrig ist. Ist. Wir nehmen zweimal die Anti-Grippe und einmal Pollen-Immunisierung. Blasenpflaster hat er nicht. Der Mann fragt den Doktor, ob er das mit dem Hämmerchen kann. Das, wo man irgendwo draufhämmert und dann das Bein hochgeht. Dem Mann hat das früher immer gut gefallen. Der Doc hat kein Hämmerchen. Stattdessen hört er den Mann ab. Er muss tief Luft holen und husten. Kann er beides. Gut. Wir unterhalten uns noch über die schönsten Wanderrouten hier im Norden, dann fahren wir wieder heim.

Meine Joggingrunde besteht aus zwei Teilen. Erst bergrunter, dann bergauf. Die letzten Meter sind ziemlich steil. Streng genommen ist das kein Joggen mehr. Eher Klettern. Das ganze Dorf hängt an diesem Berg wie ein Hornissennest. Unser Ferienhaus ist das oberste Haus. Etwa 100 Meter unterhalb steht unser Mietwagen. Ein Prachtstück von Fiat. Ein Punto Cabrio. In Bronze.

Der Mann hat sich von einem Billig-Autoverleiher übers Ohr hauen lassen. Reserviert hatte er einen schwarzen Jeep Wrangler. Oder ein ähnliches Modell aus der Gruppe B. Wie eng der Verwandtschaftsgrad zwischen Punto und Jeep ist, darüber wurde am Gold-Car-Kabuff im Flughafen leidenschaftlich diskutiert. Obwohl der Mann gute Argumente hatte (*Klaus vive en una casa verde!*), blieb es letztlich dabei, dass der Punto ein Jeep ist.

Der Rücksitz war die einzige Möglichkeit, unser Gepäck zu transportieren. Wir mussten die Taschen und Koffer so hoch stapeln, dass das Dach nicht mehr schließen konnte. Da es uns zu anstrengend war, das ganze Gepäck den schmalen, steilen Pfad bis zum Haus zu schleppen, haben wir das ganze Zeug einfach im Auto gelassen. Wir haben also einen fahrbaren Kleiderschrank ganz in der Nähe des Hauses. Nach dem Joggen ziehe ich mich schnell am Klamotten-Punto um. Die Schmutzwäsche stopfe ich dem Mann in die Tasche. Riecht sonst so streng.

Als ich in unseren Garten komme, schnippelt der Mann Gemüse. Auf dem Herd reduziert irgendwas mit Rotwein. Er kocht hier jeden Abend. Genau genommen kocht er von Siesta bis Abend. Dann gehen wir ins Dorf. Auf eine Flasche Wein. Aber für morgen hab' ich einen Plan. Strandtag. San Andres.

Es ist ein weiter Weg nach San Andres. Vielleicht nicht kilometermäßig. Aber wenn man nur Schrittgeschwindigkeit fahren darf, zieht es sich. Und mehr darf der Mann nicht. Kleine verschlungene Bergsträßchen sind mir ein Graus. Auf unserer ersten Fahrt zum Ferienhaus habe ich einen derartigen Panik-Schrei-Schimpfattacken-Anfall bekommen, dass der Mann nun sehr, sehr, sehr vorsichtig fährt.

Wir spielen dann Sachen. Um mich abzulenken. Und den Mann zu beschäftigen. Bei Schrittgeschwindigkeit setzt sonst Siesta ein. Der Mann schlägt ein Spiel vor: „Städtenamen mit Imperativ!“

„Hä?“

„Na, zum Beispiel: Braun, schweig!“, sagt der Mann.

„Ach so“, sage ich. „Verstanden“.

Es wird sehr ruhig im Auto.

„Baden, baden!“, kommt es mir spontan.

„Okay. Ein Punkt für dich“, sagt der Mann. Und schiebt „Essen!“ hinterher.

Noch sieben Kilometer. Mir fällt überhaupt nix ein. München. Dortmund. Köln. Berlin. Blödes Intellektuellen-Spiel.

„Reit im Winkl", sagt der Mann. Ich hasse ihn. Liege schon 3:1 hinten.

„Karls, Ruhe!", schreie ich.

„Da ist ja wohl ein ‚s' zu viel", mault der Mann. „Sonst ginge tauber Bischof, heim! ja auch."

„Ganz was anderes", sage ich dem Mann. „Ein Karl. Zwei Karls. Beide sollen die Klappe halten! Verstehst du?"

„Alle drei, meinst du", nuschelt der Mann.

„Zählt das jetzt oder nicht?", will ich wissen.

Natürlich zählt das. 3:2. Und ich hab noch einen: „Spey er!"

Der Mann lacht.

„Das Ypsilon ist altdeutsch", schiebe ich hinterher.

„Von mir aus", sagt der Mann. „Aber eigentlich müsste es ‚speie er' heißen."

Noch drei Kilometer. Ich brauch noch einen. Der Mann stiert auf die Straße und kaut Unterlippe. Dann sagt er: „Spitzbergen!"

Der glaubt auch, er kann mir alles verkaufen. „Wo ist denn da bitte der Imperativ?", frage ich. Der Mann spricht jetzt lauter: „Stell dir vor, eine Lawine verschüttet ein Dorf. In dem Dorf wohnt ein Spitz. Dann ruft der Chef der Rettungstruppe: ‚Los, Leute: Spitz bergen!' Verstehst du?"

Mannomannomann.

„Hass Loch!", schreie ich. Noch anderthalb Kilometer.

„Heil Bronn!", sagt der Mann lässig.

„Blödsinn!", sage ich. „Was soll denn ein Bronn sein?"

„Game of Thrones? Dieser knallharte Typ, der nachher zum Lord vom Rosengarten ernannt wird. Der heißt Bronn. Und dem wünsche ich auf diesem Wege gute Besserung mit einem freundlichen ‚Heil, Bronn'!"

„Du bist auch so ein Bronn!", rufe ich. „Kannste haben: Back dat! Zwick! Au! Gewonnen!"

Wir passieren das Ortsschild von San Andres.

„Du bescheißt, dass es kracht", sagt der Mann.

„Verlierer-Papperlapapp!"

Wir parken unseren Kleiderschrank am Strand von San Andres. Der schönste Strand der Insel. Weißer Sand. Palmen. Und im Hintergrund die gigantische Dingsbumsberg-Kulisse.

Während der Mann uns zwei Liegen und einen Sonnenschirm organisiert (*Klaus vive en una casa verde. Zwei bitte!*), besorge ich uns Getränke. Als ich zurückkomme, hat der Mann sich schon für die Siesta zurechtgelegt.

„Mit Imperativ gab's nur Aperol spritz", sage ich.

„Keine Wein, Schorle?", fragt der Mann.

1:1.

Am nächsten Morgen hab ich verschlafen. Fernando steht schon maulend vor der Tür. Ich bin nicht sicher, ob er wirklich Fernando heißt. Aber es ist ein schöner Name für einen Truthahn. Finde ich. Auf halber Strecke machen wir ein kleines Jogging-Päuschen. Ich hab ihm aus San Andres Maronen mitgebracht. Natürlich weiß ich nicht, ob Truthähne Maronen überhaupt mögen. Aber es ist halt ein Klassiker. Fernando langt jedenfalls ordentlich zu. Na also. Vielleicht darf ich ihm ja mal bei der Touristenverarsche helfen.

Zu Hause hat der Mann das Frühstück schon fertig. Heute gibt's Büffet. Echt. Ich nehme einen Teller und stelle mich beim Rührei an. Der Mann fragt nämlich jeden, wie er sein Ei haben möchte. Man muss allerdings Rührei sagen, weil er sonst nix kann. Vor mir sind noch drei der acht Babykatzen, die bei uns wohnen, dran. Sie benehmen sich wie Engländer am Ballermann. Ich mache doch lieber einen Bogen um die und ziehe die Brotstation vor. Es gibt Toastbrot. Und getoastetes Toastbrot. Ich mach halbe-halbe. Wie süß, der Mann hat vier Eierbecher mit Marmelade gefüllt. Das ist praktisch. Man nimmt einfach den kompletten Eierbecher und muss beim Umfüllen nicht so schweinzen. An jedem Eierbecher klebt ein Post-it: Erdbeer. Kirsch. Aprikose. Englische Bitterorange. Natürlich weiß ich, dass überall Erdbeere drin ist. Ich nehme trotzdem die Bitterorange. Eigentlich mag ich die nicht. Niemand mag die. Aber im Urlaub kann man ruhig auch mal experimentieren.

Mittlerweise ist die Horde englischer Katzen durch und prügelt sich unter der Wurst- und Käsetheke weiter. Die ist extra mit der schweren Holzschublade aus der Kommode abgedeckt. Man muss mit einer Hand die schwere Schublade hochhalten und mit der anderen Hand mit einer Kuchengabel versuchen, sich eine der aneinanderklebenden Käsescheiben zu angeln. Toll.

Der Mann strahlt mich an. „Und, schöne Señorita? Wie hätten Sie ihr Ei gerne?"

„Rührei wäre toll", strahle ich zurück.

Der Mann legt mir eine ordentliche Portion auf den Teller. „Frühstück ist die wichtigste Mahlzeit des Tages!", sagt er.

Ich schnappe mir noch einen Orangensaft, den der Mann extra in eine Glaskaraffe umgefüllt hat, an der ein ‚frisch aufgefüllt'-Post-it klebt. Ich probiere. Capri Sonne. Das ist der komplette Zehnerpack. Ich bring die Sachen schon mal an den Tisch. Aber ich geh noch mal ans Büffet. An der Kaffeestation treffe ich den Mann wieder.

„Hola, schöne Señorita! Klaus vive en una case verde?"

„Heute mal einen Cappuccino!"

„Sehr gerne, por favor. Mit Liebe viel gemacht", sagt der Mann und reißt das Instant-Tütchen auf. Dazu macht er Geräusche, die nach elektrischer Kaffeemühle klingen sollen. Dann sagt er „grimpf-grimpf-tacktack" und während er den Wasserkocher über der Tasse ausgießt, sagt er „Schhhhhhhhhhhht-pümpffffff-ticktick … Ähm nee … tacktack!"

Ich bedanke mich und setze mich an meinen Platz. Der Mann kommt auch.

„Gefällt dir der Tisch? Bin extra früh aufgestanden, um ihn zu reservieren. Man muss schnell sein, diese Katzenbande kennt da nix."

„Super!", sage ich. „Du bist der Beste."

„Warte erst, bis du die gesunde Ecke gesehen hast. Ist ganz neu im Büffetprogramm. Der Hammer. Obst. Müsli. Joghurt. Alles da."

Hatte ich schon gesehen. Er hat fünf Packungen von dem Joghurt mit der Ecke neu aufgeteilt. Joghurt in ein Schälchen. Die Müsliecken in ein anderes Schälchen. Und in ein weiteres Schälchen tropischen Fruchtcocktail aus der Dose. Daran klebt ein Post-it „regionales Erzeugnis".

„Das beste Hotel am Platz!", sage ich. „Und was ist mit Animation?"

„Jepp", sagt der Mann und legt sein Handy auf den Tisch. Er macht es sehr laut. Es spielt Tim Toupet mit dem Fliegerlied. Ich sing mit. Mit vollem Mund: „Das ist so ein schöner Tag lalalallala ... so ein schöner Tag lalalallala!"

Der Mann freut sich sehr, dass ich mich so freue. Dann gähnt er. Gleich ist Siesta. Die Babykatzen liegen schon unter der Hängematte. Egal. Fernando sitzt schon im Klamottenpunto. Wir fahren gleich zusammen die schönsten Wanderrouten ab.

MIDLIFE-CRISIS

Der Mann hat ein Anliegen. Er druckst herum. „Die Sache ist die“, beginnt er, um sich sofort selbst ins Wort zu fallen. „Nee, ich fang anders an! Ähm ...“

„Du willst mich verlassen?“, versuche ich ihm zu helfen. „Ich bin jetzt 42 und du hast im Zuge der dir zustehenden Midlife-Crisis das Recht, mich gegen ein jüngeres Modell auszutauschen?“

„Genau!“, sagt der Mann erleichtert. „Mir fällt es immer schwer, über so was zu sprechen.“

„War eigentlich als Scherz gedacht“, sage ich.

„Oh“, stottert der Mann, „das wusst‘ ich nicht. „Ähm! Die Sache ist die ...“

So weit waren wir schon, denke ich, sage aber nichts.

„Ich weiß, dass es doof ist, im Nachhinein die Regeln zu ändern. Aber nun ist es ja nun mal so ...“

Ich platze gleich.

„Ich würde dich gern behalten!“ Der Mann strahlt. „Geht das?“

„Weil du zu faul bist, dich um was anderes zu kümmern!“, fauche ich zurück. „Abnehmen, sich hübsch machen, attraktiv sein, sich originelle Ausflüge ausdenken, charmant und witzig sein. Und das Tempo der jungen Dinger mitgehen ... Da hast du einfach keinen Bock drauf!!!“

„Genau!“, strahlt der Mann. „Und deshalb frage ich mich, ob ich dich nicht einfach behalten kann und dafür der Sportwagen ein bisschen teurer ausfällt?“

„Was für ein Sportwagen?“

„Weiß ich noch nicht. Vielleicht wieder so ein Cabrio“, sagt der Mann. „So eins wie früher, als wir uns kennengelernt haben?“

Als wir uns kennengelernt haben, denke ich, hattest du einen Assi-BMW, der so tiefgelegt war, dass sie uns im McDrive das Essen durchs Schiebedach reingegeben haben.

Laut sage ich aber nur: „Das Bezaubernde an unserem Märchen ist doch, dass wir verheiratet sind, obwohl du einen übertriebenen Hang zu Zuhälter-Karren hast. Das Cabrio hast du im Übrigen erst gekauft, als das Kind bei uns eingezogen ist. Einen Zweisitzer. Sehr originell!“

„Ja“, freut sich der Mann, „wir waren die Coolsten am Kindergarten! Jedenfalls“, setzt der Mann neu an, „sind wir uns darin ja einig, dass mir in puncto Midlife-Crisis eine Veränderung zusteht.“

„Du hast überhaupt keine Midlife-Crisis!“

„Na und?“, sagt der Mann, „dafür darf man ja nicht auch noch bestraft werden!“

„Bestraft? Ich bin deine Strafe?“

„Nein“, sagt der Mann. „Die Strafe ist der Diesel-Kombi mit den Bugs-Bunny-Sonnenblenden!“

„Das Ding hat überhaupt gar keine Sonnenblenden. Aber einen Dachspoiler. Zusammen mit den wohnzimmertischgroßen Rädern, die du drauf gemacht hast, ist es wirklich peinlich genug.“

Schweigen. Der Mann dreht nervös am Ehering.

„Okay“, sage ich. „Wenn du ’ne Midlife-Crisis hast, hab‘ ich auch eine!“

„Das ist albern und unfair“, sagt der Mann. „Du bist ein Mädchen. Nimm dir so viele Wechseljahre, wie du brauchst, aber Midlife-Crisis gehört mir.“

„Mimimimi-papperlapapp!“, argumentiere ich.

„So kommen wir nicht weiter“, sagt der Mann. „Es ist doch nun einfach mal so: Mann kommt zur Kommunion und bekommt ein Fahrrad. Mann macht Abi und bekommt ein Auto. Mann ist fertig mit der Ausbildung und kauft sich ein geileres Auto. Mann heiratet und das geile Auto ist futsch. Mann bekommt Midlife-Crisis und holt es sich wieder zurück. Das hat die Natur so eingerichtet!" Der Mann lehnt sich siegessicher zurück.

„Das ist der größte Blödsinn, den ich jemals gehört habe!"

„Ja", sagt der Mann, „aber nur, weil du dem Kind nicht aufmerksam zuhörst ..."

„Lass das Kind aus dem Spiel!", fauche ich wütend zurück.

„Okay. Ist raus. Also Zweisitzer", sagt der Mann.

Es ist ja nicht das erste Mal, dass der Mann die Karte Midlife-Crisis ausspielen will. Erst wollte er eine Eigenhaarverpflanzung. Vom Rücken und wer weiß, von wo sonst noch. Dann Motorrad. Himalaya-Expedition. Fettabsaugung. Pilotenschein. Dann Psychologiefernstudium. Dann was von Camp David.

Mir wäre es am allerliebsten, er würde einfach mal ein paar Monate ausziehen. Zu einer dreißigjährigen Tätowiertante. Bett und Sonnenbank teilen. Und dann reumütig zu mir zurückkommen. Weil ihm das Essen nicht schmeckt. Oder sonst was. Jedenfalls muss er für die Rückkehr dann meine Bedingungen akzeptieren. Welche das sind, weiß ich noch nicht. Das hängt auch von der Dame ab. Ist sie rothaarig und vollbusig, wird es wohl ein paar hässliche Passagen im Kleingedruckten geben.

Aber ich habe nicht das Gefühl, dass sich der Mann an diesem Thema ernsthaft abarbeiten möchte. Der Mann will sich nicht verändern. Er möchte seinem Leben lediglich ein Accessoire hinzufügen, das eine Verjüngung vortäuscht. Und zwar ohne großen Aufwand. So bequem wie möglich. Am besten alles im Sitzen. Und er möchte, dass ich dieses Accessoire toleriere. Idealerweise sogar schätze. Und womöglich den neuen Mann feiere.

Nichts liegt mir ferner. Nur weil er sich ein Bündel Rückenhaare auf der Stirn einpflanzen lässt, ist er jetzt nicht gleich Elvis oder Markus Lanz.

Natürlich kann er sich ein Motorrad kaufen. Er ist ja alt genug. Aber ich werde mich weder in alberne Lederklamotten zwängen noch mit ihm mitfahren. Noch ihm Frikadellchen mit Bohnensalat ins Krankenhaus schmuggeln. Und ganz sicher werde ich keine ‚Born to be wild'-Aufnäher auf ärmellose Jeansjacken nähen.

Nein. Wenn Midlife-Crisis, dann richtig: Auszug. Junges Ding. Rückzug. Thema durch.

Und deshalb nehme ich die Sache jetzt selbst in die Hand.

Geeignete Kandidatinnen sind in unserem Umfeld leider Mangelware. Wir sind eh schon die Jüngsten in unserem Bekanntenkreis. Die Bedienung beim Inder findet der Mann glaub ich ganz gut. Das Kind allerdings auch. Da wollen wir keine Rivalitäten.

Also, was soll's. Wir haben 2020. Da kommt die Midlife-Crisis-Begleitung eben aus dem Netz.

Ich nehme ein sehr vorteilhaftes Bild vom Mann aus dem Teneriffa-Urlaub vor elf Jahren und eröffne in seinem Namen ein Profil bei Parship.

Der Fragebogen ist interessant. Ich schwanke zwischen dem, was ich vom Mann gerne hören würde, und der Wahrheit.

Wie reagieren Sie auf Liebeskummer?

1. Ich verliere die Freude am Essen.

2. Ich esse mehr.

3. Weder noch.

Nummer eins kann man beim Mann ausschließen. Nummer zwei ist seine Reaktion auf so ziemlich alles. Weder noch scheint am wahrscheinlichsten.

Ich nehme Nummer eins.

So. Weiter.

Welche Begriffe beschreiben Eigenschaften, von denen Sie möchten, dass der andere sie an Ihnen schätzt? Fünf Angaben nötig.

Fünf Eigenschaften? Ich glaube nicht, dass der Mann will, dass man sich so viel mit ihm beschäftigt.

Ich nehme *Heiter. Häuslich. Ruhig.* Hm. Fehlen noch zwei. Was soll's: Ich nehme noch *Sportlich* und *Gutaussehend.*

Was scheint Ihnen in einer Partnerschaft am wichtigsten?

- *Einander viel Raum geben*
- *Die Wünsche der Einzelnen aufeinander abstimmen*
- *Nicht immer gleich alles auf die Goldwaage legen*
- *Das Leben in ruhige Bahnen lenken*
- *Auch mal Fünfe gerade sein lassen*
- *Ganz neue Wege gehen*
- *Bewährtes bewahren.*

Aha. Schade. Ausreichend schnelles Internet und getrennte Netflixaccounts sind nicht dabei. Dann nehm ich alles andere. Außer *Wege gehen.*

Punkt jetzt. Den Rest der Fragen klicke ich einfach wild durch. Das dauert mir zu lange.

Ich warte. Wenn sich alle elf Minuten ein Single verliebt, dann offensichtlich nicht in den Mann. Nachdem sich weitere vier Singles am Mann vorbeiverliebt haben, wird es mir zu doof. Ich habe eigene Probleme und kann mich nicht den ganzen Tag um den Mann kümmern.

Nach drei Tagen meldet mir die Online-Kuppelei einen Posteingang. Ah. Da ist sie. Meine Nachfolgerin und zukünftige Vorgängerin. Der Zwischengang. Karin. 52. Geschieden. Labrador. Kommunikationstrainerin. Veganerin. Pfiffige Kurzhaarfrisur. Ganzheitlicher Ansatz. Leicht angegraut. Ich überprüfe die Parameter im Profil des Mannes. Offensichtlich habe ich einen Fehler gemacht. Die Leute würden doch über mich lachen, wenn der Mann mit einer Yoga-Mutti nach Indien durchbrennt. Karin schreibe ich zurück, dass der Mann leider eine Hundeallergie hat. Schade, kann man nix machen. Viel Glück weiterhin.

Auch in den folgenden Tagen will der Funke zwischen Mann und Online-Damenwelt einfach nicht richtig überspringen. Vielleicht ist das Profilbild vom Mann doch nicht so vorteilhaft, wie ich dachte. Ich werde es durch ein Bild von Dr. Corsten ersetzen. Das ist der Doktor, der mir gelegentlich dabei hilft, mein Gesicht nicht völlig zu verlieren. Der Doktor ist hübscher. Und freundlicher als der Mann. Und wahrscheinlich fährt er auch manierlicher Auto. Vermutlich hat er auch noch nie einen Zehnerpack Hanuta auf dem Heimweg vom Supermarkt gegessen. Plus das eine gratis. Das ist gut. Das mach ich.

Entsprechend werde ich auch die Berufsbezeichnung des Mannes in Schönheitschirurg abändern. Und seine Hobbys „Essen, Lesen, Computerspielen“ um „Reisen, Triathlon und südamerikanische Tänze“ ergänzen. Bis die Lebenskrisenabschnittsgefährtin hinter diese kleinen Lügen steigt, bin ich mit dem Mann längst wieder über alle Berge.

Gerade als ich das Bild von Dr. Corsten googele, macht der Computer ‚Plong‘. Die nächste Karin? Ich öffne die Kontaktanfrage von Ann-Christin. Lange blonde Haare. 32. Ledig. Keine Kinder. Keine Haustiere. Selbstständig mit eigener Eventfirma. Wohnort Hamburg. Hobbys: Oldtimer-Rennen,

Kochen, Chillen, Computerspiele. Und sie sieht verdammt gut aus. Das ist doch ein Fake. Da fallen wir nicht drauf rein. Ich googele Ann-Christin. Das gibt's doch nicht. *Lifetime-Events by Ann-Christin.*

Ach du Scheiße! Es folgen Bilder: Ann-Christin mit einem Pokal und einem Oldtimer. Ann-Christin auf einer Computerspielmesse. Ann-Christin mit dem kleinen Typen von AC/DC ... jetzt reicht's aber!

Und wie das Licht auch fällt und ob im Rennanzug oder in Jeans-Hotpants: Sie hat null Übergewicht. Na ja. Vom Kochen und Chillen hat sie die Figur jedenfalls nicht.

Ich schreibe ihr zurück, dass der Mann eine Hundeallergie hat und auf ältere Frauen steht.

Dann lösche ich den Account. Gemeingefährlich, dieses Parship. Es müsste viel strenger kontrolliert werden. Vom Gesetz her. Finde ich. Doch.

Ich lösche sicherheitshalber auch den Browserverlauf. Und formatiere die Festplatte neu.

Bei Gmail lösche ich die hinterlegte E-Mail-Adresse. Ich schicke eine SMS an EDV_Karsten72SB mit der Bitte, den Mann komplett aus dem Internet zu löschen.

Mit Ann-Christin ist nicht zu spaßen.

Im Prinzip brauchen wir auch gar keinen Computer zu Hause. Ich stöpsele den Laptop ab und vergrabe ihn im Garten. Unter dem Kirschbaum.

Ich krabbele zum Mann ins Bett. „Wir werden schon was finden für deine Midlife-Crisis", flüstere ich. „Vielleicht gründen wir dir eine Punkband und du kriegst so einen Hippie-Bandbus."

„Oder wir machen was ganz anderes", nuschelt der Mann im Halbschlaf. „Vielleicht was mit Lachs und Kirschtomaten."

DAS MÄNNCHEN WEINT

Breeeeeemmmmmssss!!!", brüllt die Frau.

Ich erschrecke furchtbar. Vollbremsung. Auto steht. Der Puls rast weiter.

„Was?!", frage ich.

„Da!" Sie zeigt seitlich am Auto entlang nach oben. „Jetzt freut es sich wieder!"

„WER?!", frage ich nach.

„Das Männchen!", sagt die Frau und strahlt mich an.

Ich beuge mich langsam zu ihr hinüber, um zu sehen, was sie sieht. Ich sehe es.

„Das ist nicht dein Ernst, oder?"

„Das Männchen hat geweint, weil wir so gerast sind. Es hat sehr, sehr traurig ausgesehen!" Die Frau kämpft mit den Tränen. Ich schaue eine Weile konzentriert geradeaus. Gerade habe ich vier Bremsscheiben verbogen. Um einem Verkehrsdialog-Smiley nicht die Laune zu versauen. Okay. Ich sammle mich: „Bist du dir sicher, dass jetzt alles wieder in Ordnung ist mit dem Männchen?"

„Jepp. Hat sich beruhigt. Und freut sich wieder", sagt die Frau.

„Gut. Das ist schön! Das Männchen kann sich also freuen, ja?"

„Ja."

„Und es kann traurig sein, richtig?"

„Richtig", sagt die Frau.

Ich haue den Rückwärtsgang rein und wende unter Vollgas. „Dann wollen wir mal gucken, ob das Männchen auch kotzen kann!"

Und bei der Gelegenheit können wir auch gleich mal überprüfen, ob die Geschwindigkeitsanzeige des Männchens auch dreistellig kann. Hat mich schon immer interessiert.

Das Verkehrsdialog-Smiley steht mitten in einem Industriegebiet. Auf einer Landesstraße. Ist sinnig, wenn im Industriegebiet Betrieb herrscht. Herrscht nicht. Es ist Samstagnacht. Bei einigen größeren Betrieben schaut sicher jemand vom Werkschutz Fernsehen. Sonst ist hier niemand. Nur das Smiley-Ding, die Frau und ich. Und wenn wir so weitermachen, bald auch unser Freund und Helfer.

Wir knallen gerade zum 18. Mal an einer dunkelrot glühenden Fratze von Smiley vorbei. Dreistellig kann er nicht. Kotzen traut er sich nicht. Lieber platzt er. Das hätt' ich gerne noch gesehen. Leider muss ich das Experiment abbrechen. Spritmangel.

Die Frau hat es geschafft, angeschnallt beide Knie auf Brusthöhe anzuziehen und den Kopf dazwischen zu stecken. Wir sprechen nicht, es ist alles gesagt. Wir verstehen uns. Das gefällt mir. Es ist eine gewisse Vertrautheit zu spüren. Nicht schlecht für das erste Date. Ich kaufe uns Magnum Mandel an der Tanke.

Diese Vertrautheit haben wir heute, fünfzehn Ehejahre später, immer noch. Nur das Ding mit den Knien bekommt die Frau so nicht mehr hin. Und es gibt inzwischen noch sehr viel mehr, worüber wir nicht mehr sprechen müssen. Dinge wie den Carport. Wir hätten gerne einen. Natürlich bau ich den selbst auf. Keine Riesensache. Wird vom Baumarkt als Puzzle geliefert. Ein Samstagnachmittag und das Ding steht. Auch klar ist: Ich hab da keine Lust zu. Null. Aber es ist weit unter Heimwerkerehre, sich so was Simples aufbauen zu lassen. Die Frau weiß, wie es ist. Ich weiß, wie es ist. Es herrscht unausgesprochen Einigkeit: Wir möchten einen Carport. Es ist kein Problem, es ist schnell gemacht. Es passiert halt nur nicht.

Oder Sport. Ich spiele gerne Squash. Wenn der Gegner läuft. Die Frau läuft nicht. Weil sie nicht weiß, wohin. Der Ball ist überall gleichzeitig, sagt sie. Und wenn sie läuft, dann nicht dahin, wo der Ball gleich sein wird. Das Prinzip, dass die Wand die Flugrichtung eines Balles enorm ändern kann, überfordert sie. Oder sie glaubt es einfach nicht. Dafür spielt sie gerne Tennis. Aber nicht mit mir. Ich erwische den Ball, ich gebe ihm ordentlich einen mit, ich bin zufrieden mit mir. Aber SIE bekommt die Punkte dafür. Und gleich fünfzehn auf einmal. Weil der Grünstreifen hinter dem gegenüberliegenden Netto angeblich schon ‚Aus' sei. Über so was kann ich mich schon aufregen. Die Frau weiß, wie es ist. Ich weiß, wie es ist. Wir spielen einfach nicht mehr miteinander. Wir werden uns aber einen gemeinsamen Sport suchen. Bei dem wir beide bei null anfangen. Einer, der für beide passt. Davon gibt es ja genug. Kein Problem.

Oder im Restaurant. Die Frau hat in jedem Restaurant ein Gericht, das sie immer bestellt. Trotzdem möchte sie vorher die Speisekarte lesen. Komplett. Und sich dann entscheiden. Ergebnisoffen, klar. Ich weiß das. Und wenn die Bedienung fragt, ob wir schon was gefunden haben, sage ich automatisch: „Wir haben noch gar nicht richtig reingeschaut. Einen Moment." Dann kommt die Bedienung zehn Minuten später wieder und ich bestelle der Frau wie gehabt die Nummer zehn. Oder das Steak ohne Süßkartoffel mit mehr Gemüse. Oder Spaghetti Inge. Mit doppelt Parmesan. Oder die Friends-Platte mit ohne Suppe und dafür zwei Spicy Rolls mehr. Je nachdem, wo wir halt grade sind. Die Frau ist sehr zufrieden mit ihrer Wahl. Und stolz darauf, sich grundsätzlich auch für andere Möglichkeiten erkennbar interessiert zu haben. Das ist doch schön. Wir wissen beide, dass die Frau auch jedes andere Gericht auf der Karte essen könnte. Kein Problem. Es passiert halt nur nicht.

Oder Fernsehen. Wir freuen uns immer auf einen gemütlichen Fernsehabend zu zweit. Natürlich wissen wir, dass es nicht geht. Trotzdem ist die Vorstellung schön. Meine Filme sind der Frau zu brutal. Mir ihr RTL 2-Doku-Zeug auch. Wir werden uns nach dem Abendessen aufs Sofa setzen und Arte einschalten. Dann fällt mir ein, dass ich den gelben Sack noch runterbringen muss. Während ich also kurz mal weg bin, schaltet die Frau kurz mal um. Ich schaue auf meinem Weg noch kurz im Büro vorbei und gucke Netflix. Eine ganze Staffel irgendwas. Das geht, wenn man sich auf die Hauptstory konzentriert und alles andere vorspult. Dann dauert das nicht länger als ein normaler Spielfilm. Wir treffen uns dann im Bett wieder.

Wir hatten mal *Sieben* zusammen angeschaut. Bis heute fragt die Frau Leute, die sie kennenlernt, stolz, ob sie auch *Sieben* gesehen hätten. Und gibt damit an. Sie denkt, diesen Film gesehen zu haben spielt in derselben Liga wie Hai-Tauchen oder Krokodil-Streicheln. Manchmal kokettiert die Frau sogar damit, demnächst auch mal *Das Schweigen der Lämmer* zu gucken.

Oder der Keller. Wir sind beide keine Messies. Wir schmeißen halt nur nix weg. Natürlich haben wir auch sehr genaue Vorstellungen davon, wie unser Keller aufgeräumt und renoviert aussehen könnte. Sehr hübsch. Sehr geräumig. Die Frau hat auch ein paar Bilder bei Pinterest abgespeichert, die sehr deutlich machen, wohin die Reise geht. Uns reicht das. Wir müssen uns da nichts mehr beweisen. Wir hatten einmal probiert, den Verbindungsgang zwischen den einzelnen Kellerräumen wieder gangbar zu machen. Gleich im ersten Karton *Diverses* fand die Frau ein Fachbuch. *Conny beim Kinderarzt.*

Mama hat eine aufregende Neuigkeit. Morgen gehen wir zum Kinderarzt. Eine Vorsorgeuntersuchung. Conny bekommt ein komisches Gefühl im Bauch.

Die Situation ließ der Frau keine Ruhe. Sie musste das Buch zu Ende lesen. Ging zum Glück gut aus. Conny ist kerngesund und der Kinderarzt wirklich nett.

Ich hatte in der Zwischenzeit einen Stapel Musikkassetten gefunden. Darauf hatte ich Musik aus dem Radio mitgeschnitten. So mit zehn, schätze ich. Auf einer der zwölf Kassetten hätte irgendwo noch eine komplette Sendung von Frank Laufenbergs Pop-Shop sein müssen. War aber nicht. Hab alle durchgehört.

Andererseits führt der Verbindungsgang ja auch zu nichts. Ist ja nicht so, als ob im alten Kohlenkeller noch das Bernsteinzimmer lagern würde. Es herrscht unausgesprochen Einigkeit: Wir möchten einen schönen aufgeräumten Keller. Es ist kein Problem. Es ist schnell gemacht. Es passiert halt nur nicht.

„Nie, nie mehr gehe ich zu diesem fiesen Friseur!" Die Frau knallt ihren Schlüsselbund auf den Tisch. Sie hat sich wieder einen Pony schneiden lassen.

„Ich seh aus wie ein Idiot ...!" Die Wimpertusche läuft ihr in Tränenklumpen durchs Gesicht.

Eher wie ein Panda, denke ich. Irgendwie ganz süß.

„Das wächst ja wieder raus", versuche ich die Frau zu trösten. Die Frau geht ins Bad. Ich gehe hinterher. Sie steht vorm Spiegel und macht merkwürdige Grimassen. Dann heult sie wieder. Dann heult sie noch mehr, weil die Wimperntusche vom noch mehr Heulen noch mehr verschmiert. Und weil man dann noch blöder aussieht. Und überhaupt gar nicht so schön wie die jungen, traurigen Frauen in den Filmen, wenn sie weinen.

„Engelchen. Komm mit."

Wir fahren an die Tanke. Ich besorg uns Magnum Mandel. Aus solidarischen Gründen schmiere ich mir ein bisschen von der Schokolade unter die Augen. Na bitte, die Frau muss zumindest kurz grinsen.

Wir fahren die Therapiestrecke der Frau. Auf der Strecke wohnen sieben Verkehrsdialog-Smileys. Wir kennen sie persönlich. Wir gurken mit 40 km/h auf das erste zu.

„Das Männchen freut sich!", freut sich die Frau.

„Jepp", sage ich. „Erwin freut sich wie Bolle, dass wir so schön fahren."

Nummer zwei ist Bolle.

Der nächste in der Reihe ist Melchior. Weil er uns mal davor gewarnt hat, die Heiligen Drei Könige zu überfahren. Doch, echt wahr. Die sind einfach blindlings einem Stern hinterhergetappt. Ohne rechts und links zu gucken einfach auf die Straße gelatscht. Mit ihren zu großen Kitteln und der Weihrauch-Shisha.

Nummer vier ist Kalle. Weil ein LED kaputt ist. Genau an seinem linken Auge. Er sieht ein bisschen aus wie Karl Dall. Kalle ist ziemlich unnütz, weil er vor einer Bäckerei steht. Und ich an Backwarenauslagen ja ohnehin sehr langsam fahre.

„Ich hab unser Leben ziemlich gern", sagt die Frau, als wir an Justus vorbeikommen. Irgendein Scherzkeks hat ihm mit einem Schal die Augen verbunden.

„Ich auch", sage ich.

„Weil sich immer jemand freut, wenn man heimkommt."

„Ja. Einfach so."

„Ja. Jemand, der sich einfach freut, weil man wieder da ist. Egal, wie man grade so ist."

„Ja. Oder weil man Essen mitgebracht hat."

„Ja."

„Ja."